花を恋う夜

政尚が必死で声をこらえようとしていると、胸を吸っていた康治が上体を起こしてくる。
伸び上がって、唇を塞ぐ政尚の手に口づけてきた。
「声を聞かせてくれ、松寿」

花《はな》を恋《こ》う夜《よる》

いとう由《ゆ》貴《き》

ILLUSTRATION
かんべあきら

CONTENTS

花を恋う夜

花を恋う夜

序章

磔《はりつけ》にされた高みから、松寿《まつじゅ》は空を見上げた。こうなることは、この国に来た最初から半ば覚悟していた。

しかし、いざ死が目前に迫ると、急速に恐怖が込み上げてくる。それを、松寿は必死でこらえていた。

――泣いちゃ駄目だ。

泣くのも喚《わめ》くのも辛抱する。幼《おさな》くはあったが、そうしなければならないことを、松寿はちゃんと弁《わきま》えていた。

まだ十歳の松寿が承和《そうが》の国に来て、一年も経《た》っていない。松寿の生国――退紅《あらぞめ》の国との盟約の証《あかし》として、松寿は承和に人質に出されていた。

その盟約を、一年足らずで父は裏切った。承和と対立する大国朱華《はねず》に味方し、承和に攻め入ろうとしていたのだ。

松寿が磔にされているのも、裏切りに対する見せしめだ。そのための人質であった。

正面の席で松寿を見つめていた承和国主、結城康《ゆうきやす》利《とし》が手を上げる。

その動きに応じ、松寿に槍《やり》が向けられた。

いよいよだ。

松寿は槍を見ないよう、一心に空を見上げた。穂先を見たら、恐怖に負けてしまうからだ。

まだ幼い、ぷっくらとした頬《ほお》は青褪《あおざ》め、握りしめた拳《こぶし》は力を抜いたら震えだしそうだった。それを、元服前《げんぷくまえ》の子供ながら持っている矜持《きょうじ》で、懸命にこらえる。

真っ白い着物を着て磔にされている松寿は、気丈に恐怖をこらえているせいもあって、見る者によけい哀《あわ》れさを感じさせていた。

しかし、誰も松寿の死を止められる者はいない。

人質として差し出されている限り、裏切りがあれば松寿がその命で贖《あがな》うのは運命《さだめ》であった。

松寿はしっかりと歯を食いしばって、見苦しく泣き喚くのをこらえていた。

自分はここで死ぬのだ。父は、少しは松寿の死を哀れんでくれるだろうか。そうであったらどれだけ嬉《うれ》しいだろう。

それが儚《はかな》い夢でしかないことを、松寿は知っている。自分を見やる父の目がひどく冷えていることを、松寿はもっと幼い頃《ころ》から知っていた。

父は松寿を我が子と見ていなかったからだ。

では、誰の子だと思っていたのか。

噂《うわさ》のとおりであれば、松寿は父の子ではなく……。

わずかに、松寿は唇を引き結んだ。

いいや、自分は父の子だ。父の息子としてここで死ぬのだ。他《ほか》の誰《だれ》の子でもない。

松寿はもう顔もわからなくなってしまった亡き母を思い、それから、冷たいだけだった父を思った。

——わたしは高津《こうづ》政辰《まさとき》が一子、松寿。人質として、父のため、退紅のためにこの命を捧《ささ》げるのだ。

誇《ほこ》りをもって、自分に言い聞かせる。

自分の父は政辰だけだ。

ぶざまに叫ばぬよう、松寿は唇をしっかりと嚙《か》みしめたまま、覚悟を定めた。立派に死ぬことだけが、松寿にできることだった。

だが、沈黙に支配された刑場に、闖入者《ちんにゅうしゃ》が現れる。

「——父上、お待ちください!」

松寿ははっとし、空を見つめていた眼差《まなざ》しを声のする方角に向けた。制止しようと腕に取り縋《すが》っている家臣を払いのけながら叫んでいるのは、国主結城康利の次男、藤次郎《とうじろう》だった。

年齢《とし》は松寿より二歳年長の藤次郎は、松寿が人質に来て以来親しんでいた少年であった。年齢が近いせいもあり、藤次郎とその弟新九郎《しんくろう》は守り役の目をかすめては松寿の元にやって来て、ともに遊んだ間柄である。

兄弟と睦《むつ》み合うことのほとんどなかった松寿は、遊び戯《たわむ》れる藤次郎と新九郎との間に、実の兄弟以上に近しいといえる親しさを、この一年で築いていた。

「藤次郎……」

思いがけない藤次郎の暴挙に、松寿は呆然《ぼうぜん》と呟《つぶや》いた。

まだ幼い新九郎は館《やかた》に置いてきたのだろう。藤次郎は一人で、康利に食ってかかろうとしていた。

「父上、松寿を殺すのはおやめくださいませ！」

藤次郎の訴えに、康利が眉根《まゆね》をわずかに寄せる。

康利とて、好んでまだ幼い少年を殺させるわけではないが、これは、戦の世の理《ことわり》であった。

康利は息子に向かって、うるさそうに手を払う。

「その愚《おろ》か者を早く連れて行け」

「父上、松寿は……！」

止めようとする家臣たちをすり抜け、藤次郎は康利に近寄ろうとする。

「黙れ！」

康利が言い放つ。不快げに細められた眼差しは、息子といえども容赦しない厳しさを見せていた。

「松寿は、盟約のために遣わされた人質だ。高津政辰が盟約を破《やぶ》った以上、人質が命を絶たれるのは自明のこと。元服前の小僧が、よけいな口を挟《はさ》むでない！」

「ですが、父上！」

「若君、おやめください。殿の仰《おお》せに従われませ」

家臣たちが口々に、藤次郎を制止する。

「藤次郎、やめよ」

兄の康元《やすもと》も弟を止める。康元は席を立って藤次郎の下に歩み寄り、膝《ひざ》をついた。

「だから言ったであろう。高津からの人質と親しくするな、と」

いずれ死すべき人質に情を移した弟を哀れむ眼差しで、康元がなだめるように肩に手を置く。

兄を睨《にら》み、それから藤次郎は父を睨んだ。

「退紅からの盟約が確かなものではないと、父上もご存知だったのでありましょう。退紅は、我が国と朱華国に挟まれた小国。それ故、常に両国の間で揺れる運命にある国です。かような状態でいくら盟約を結んだとて……」

「それでも！　盟約は盟約だ」

藤次郎を遮《さえぎ》り、康利は槍方に手を振った。あらためて、松寿に槍が向けられる。

槍の穂先を見つめ、松寿はもう一度覚悟を定めた。むろん、藤次郎の願いを康利が聞き入れるとは思っていなかった。自分を助けてくれようとする藤次郎の気持ちは涙が出るほど嬉しかったが、それでどうにかなるものではない。

人質になった時から、こうなることはわかっていた。松寿は父に疎《うと》んじられている。

それでも……。

「──藤次郎、ありがとう」

松寿は小さく呟き、唇を噛みしめた。損得抜きで自分を庇《かば》ってくれる藤次郎の存在が、胸が震えるほど嬉しい。短い自分の生涯で、最後の最後に与えられた幸福だと、松寿は感謝した。

「やめろぉぉぉっっ！」

藤次郎の叫び声が聞こえる。同時に、焼けつくような痛みが腹に突き刺さった。

「……っっ！　……く、っ」

松寿の腹に、槍が突きたてられた。このまま自分は死ぬのだ。

叫んではならない。泣いてはならない。

高津政辰の息子は最後まで情けなかったと侮《あなど》られてはならない。

上がりそうになる声を必死に唇を噛みしめてこら

えた松寿の眼差しが揺れ、やがて一点にその揺れが止まる。この場でただ一人、松寿を惜しんでくれる人に、眼差しが吸い寄せられる。

――藤……次郎……。

藤次郎は真っ青な顔をして、松寿を見つめていた。

「松寿……松寿っ！」

駆け寄ろうとする弟の身体《からだ》を、兄康元が強く抱きとめている。

「こらえろ、藤次郎」

「いやだ……松寿！」

松寿に向かって、藤次郎の手が伸ばされる。

死の苦しみとは別の涙が、松寿に浮かぶ。

このことで、藤次郎が傷つかなければいいなと松寿は思った。松寿が死ぬことは、人質に来た最初から半ば決まっていたことなのだ。

だから、藤次郎が傷つく必要はない。

けれど、こんなにも藤次郎が自分を庇ってくれるとは思わなかった。

実の父には疎まれたが、他国の人間である藤次郎に最後にこれだけ庇ってもらえるなんて、自分は幸せ者だと松寿は思った。

腹に突き刺さった槍が、さらに深く松寿の肉を抉《えぐ》ろうとする。

早く終わってほしい。

耐え難い痛みに洩《も》れる呻《うめ》きをなんとか嚙み殺しながら、松寿は最期がくることを祈った。今は、死ぬことだけが松寿の救いだった。

たとえ自分が、真実を言えば父の子ではないとしても、それ故にぶざまだとは言われたくなかった。高津政辰の子として誇り高く死んでいったと伝えられたい。

その一念で、松寿は焼けつくような痛みを耐え続けた。

その時、刑場に旗指物をした武者が駆け込んできた。

「いかがした」

家臣の一人が武者の元に行く。その顔色が一気に変わった。

「殿！　退紅で謀反《むほん》。高津政辰は討たれ、代わって嫡男、高津忠政《ただまさ》が跡目を相続、退紅は朱華から我が国に寝返ったとのことにございます！」

「なに、まことか！　――松寿はまだ生きているか！」

康利は即座に刑の中止を命じる。退紅が寝返ったとの知らせが本当であれば、松寿を死なせるわけにはいかない。

かすれる意識の中、松寿は磔をとかれ、下ろされるのを感じた。

――兄上が……。

兄が父に謀反を起こしたのは本当だろうか。まさかあの兄上が……。


「松寿！」

駆け寄った藤次郎の手の温《ぬく》もりを感じながら、松寿は意識を失った。

この先自分がどうなるのか、松寿にもまだわからなかった。

一.

秋の昼下がり、高津政尚《まさひさ》は転《うた》た寝《ね》から目を覚ました。日差しのおかげか肌寒さはない。むしろ、汗ばんでいる。気温の寒暖は政尚の身体にはことのほかこたえたから、春の半ばや秋の今くらいの季節が一番過ごしやすかった。

漆黒の髪は男のものとは思われぬほど細く、艶《つや》がある。寝衣に包まれた肩も、頼りなげだった。

亡き母に似ていると人から言われる、切れ長の涼しげな眼差しには年齢に似合わぬ諦観《ていかん》が見られ、すっきりとした頤《おとがい》、薄い唇からも生気の薄さが感じられる。

血生臭い武将の血筋というよりも、都の公家衆《くげ》のような線の細い面差《おもざ》しを政尚はしていた。それがいっそう、政尚の繊弱《せんじゃく》さを強調している。

「松寿……か」

政尚はひそと呟いた。

元服から七年が過ぎ、二十歳になった政尚が幼名で呼ばれることはめっきりなくなっていた。

あの日から十年が過ぎたのだと、半身を起こした政尚はため息をついた。起きた身体が汗ばんでいるのは、おそらく夢のせいだ。

夢の中で政尚は、ふたたび腹を突き刺されていた。あの痛み、それから、藤次郎の悲痛な叫び——。

まるでついさっき起こった出来事であるかのように、生々しい夢であった。

「戦のせいか……」

たぶんそうだろう。

十年前、朱華についた父を討ち、承和に寝返った兄は、十年後の今、今度は朱華に味方し、承和を敵としている。

昨日の敵が今日の味方となり、今日の味方がいつしか敵となる。

心安らがぬ世に、政尚たちは生きていた。

およそ三十年ばかり前、都での将軍位争《あらそ》いが原因で起こった乱から始まり、以降、室町《むろまち》将軍の権威も地方までは及ばず、子が親を討ち、家臣が主君に謀反する乱世が日の本の国一帯に蔓延《はびこ》るようになっていた。

都から遠く北に離れた退紅でも、十年前、兄が父を討っている。

隣国の朱華ではもともとの守護職であった岩尾《いわお》家が滅ぼされ、その家老であった柴辻《しばつじ》家が代わって領主となっていた。

朱華と長年争っている承和も、国主となっている結城家は守護職であった本家結城家とは異なっていた。同じ結城を名乗っているが、分家が本家を追い出し、国主となっていた。

今の世は、力が正義であった。力がなければ、どれほど血筋が正しくともなんの役にも立たない。特に、退紅のように大国に挟まれた小さな国は、力に翻弄《ほんろう》される年月が続いていた。朱華につけば承和に攻められ、承和につけば朱華に攻められる。両国の間での舵取《かじと》りに、父も兄も翻弄されていた。

だが、それだけなら兄は父を討ちはしなかっただろう。

父と兄の確執《かくしつ》がいつから、何故《なぜ》始まったのか、古い家臣に訊《き》いてもはきとはわからない。もともと性が合わなかったのかもしれないし、兄が父を継ぐに足る男だったからこそ、父に煙たがられたのかもしれない。

今となっては、理由は誰にもわからなかった。

はっきりしているのは、いつの頃からか父が兄を毛嫌いするようになり、様々な嫌がらせを行うようになっていたことだ。

そのうちのひとつが、二人の仲を決定的に裂《さ》いてしまった。父が、兄の想《おも》い人を強引に側室にしてしまったのだ。

それが、政尚の母、しずであった。

すでに正室のいた兄忠政はしずを側室にするに忍びず、心で想うだけの間柄であったようだった。

しかし、それを知った父が、しずを側室に召しだしてしまう。それは、ただ兄に嫌がらせをするためだけの行為であったという。

それから、母と兄、二人の関係がいつから始まったのか。政尚の聞いた話でははっきりとはわからない。だが、いつの頃からか、父に隠れて二人は通じるようになり、政尚を身ごもったのだという。

ただし、しずは依然父の寝所《しんじょ》に召されることがあったというから、身ごもったところでどちらの胤《たね》なのか、母にもわからなかったようだ。

兄か父か、父親がどちらなのかわからぬまま、母は政尚を産み落とし、以降も兄との関係は続いたらしい。その時、母がなにを思っていたのか。兄がどう考えていたのか。政尚は問いただしたことがない。

政尚の出生は、口に出すのも禁忌《きんき》の秘め事だった。今でも、このことを知る者は少ない。表向きには、政尚は政辰の子と思われていた。

真実のところ、政尚がどちらの子なのか、それがわかるのは神仏だけだろう。政尚を産んだ母にも、父親がどちらなのかわからないままだった。

結局、二人の関係が発覚してしまったのは、政尚が六歳の時だった。

どうしてわかったのか。いやそれより、よくぞこまで父にばれずに続いたものだ。

六年、いや、政尚を身ごもっていた期間を入れれば七年以上もの長きに渡って欺《あざむ》かれていたことを知った父は、即座に母を成敗した。

返す刀で兄を斬《き》らなかったのは、腹心の家臣に止められたからだ。母に続いて兄まで斬り殺したとあっては、母と兄の不義が広く知られてしまう。今ならばまだ、父と父の腹心、兄の三人だけの話だ。

そう説得され、父は兄の成敗を諦《あきら》めた。

しかし、これによって二人の不仲は決定的になる。側室《おんな》を寝取られた父と、最愛の女性を殺害された兄の間に和解が成立することはけしてなかった。

母の死から四年後、兄が父を討ったのには、こういう事情があったのだ。

あの時、かろうじて助かった政尚に、兄は涙を滲《にじ》ませて喜びを示した。

兄にとって、自分はどちらなのだろう。

政尚は折に触れて考えずにはいられない。

自分の息子だと思っているのか。それとも、父、政辰の子だと思っているのか。

兄は政尚に時々冷たくて、やさしい。

父を死に追いやったあと、兄は政尚以外の兄弟たちを様々な理由をつけて殺害していたが、政尚だけは生かしてくれていた。

それは、自分こそが政尚の父であると思っているのか。それとも、あの時以来身体を害している政尚を警戒していないせいなのか。

承和との戦が迫っている今も、政尚は兄を助けて出陣することもかなわずにいる。無理にでも戦に出れば、おそらく戦の後、しばらくは臥《ふ》せってしまうだろう。

「……不甲斐《ふがい》ない身体だ」

戦人《いくさびと》というには細い手首を、政尚は失望と安堵《あんど》、二つがないまぜになった気持ちで見つめた。

失望は、兄を助けられないこと。

安堵は、兄に警戒されないこと。

父が亡くなって以来、高津家は血生臭い話が絶えない。

兄は、自分と正室との間にできた息子でさえ、元服を過ぎて成人した息子はすべて理由をつけて命を絶っていた。

残っているのはまだ元服前の十二歳の虎寿《とらじゅ》ただ一人だ。その虎寿にも、兄は時々冷たい眼差しを向けていることがある。

といって、政尚が安泰《あんたい》というわけではない。そもそも虚弱《きょじゃく》で、領主の務めなど果たせそうもなかったし、虎寿に対するのと同様の眼差しで、冷たく見据えられることもままある。

政尚の中に流れる血は、父のものなのか。それとも、兄のものなのか。

兄の中でなんらかのせめぎあいがあることを、政尚は感じていた。

すべては、政尚がどちらの子であるかにかかっている。しかしそれは、政尚にもわからないことだった。母にだってわからなかったことだ。

母は政尚をどう思っていたのだろうか。

政尚は、母が時折「許しておくれ」と政尚を抱きしめて泣いていたことを覚えている。政尚を見つめる母の目は、常に悲しそうだった。

二人の男の間に挟まれ、母もつらかったに違いない。政尚の出生のことも、母を苦しめただろう。

それらを理解していたが、理解したところで政尚の今の不安定な立場がよくなるわけではない。

兄が政尚を、というより、この国をどうしていくつもりなのか。己が兄弟を、子を殺し、この先どうするつもりなのか。それがわからないから、政尚も不安なのだった。

だが今は、承和との戦を兄が無事終えてくれることを祈るのが先だった。兄にもしものことがあれば、十二歳の虎寿を立てるか、病身を押して政尚が立たねばならなくなる。それは退紅にとって、あまりに不安定なやり方だった。

兄がなにを考えているにせよ、退紅には兄が必要だった。

ふと、政尚の脳裏に子供の顔が浮かぶ。それは、夢で見た藤次郎の姿だった。元服前の子供の姿だ。

あれから十年が過ぎ、藤次郎ももう二十二歳になっているはずだ。八年前に兄康元を、三年前に父康利を亡くし、今は藤次郎が承和の国主になっていると聞く。

大人になった藤次郎を想像するのは難しかったが、今兄は、藤次郎を敵として戦っているのだ。

藤次郎――たしか元服して、名を康治《やすはる》と改めたはずだ。

あの時、「松寿！」と止めに入った子供は、どんな武将に成長しているのだろう。今でもこの松寿を覚えているだろうか。

「……そんなわけはないか」

政尚に自嘲《じちょう》が浮かぶ。親しくしていたのは、人質生活の一年余りのみ。そのあとは承和と退紅に別れ、文の遣《や》り取りすらない。

康治となった藤次郎が、政尚と名を変えた松寿を覚えているはずがなかった。

その上、今は敵国だ。

褥《しとね》から起き上がった政尚は、床の間に安置してある菩薩《ぼさつ》像前に正座した。

両手を合わせて兄の無事を祈る。

――どうか無事に帰ってきますように。

戦で兄を手助けできない政尚には、祈ることしかできなかった。


承和と朱華の睨み合いは、しばらく膠着状態《こうちゃくじょうたい》が続いていた。

承和に攻め入った朱華、退紅軍は承和の北西を守る山城、戸那口城《となぐちじょう》で足止めされていた。戸那口城は、戸那口山を利用して作られた城砦で、そのすぐ先が朱華との国境になる。両国の間には退紅があったため、ここが唯一、朱華と承和が接している場所であった。

今回、朱華は退紅からではなく、直接自領から承和に軍を進めていた。

戸那口城の守りは堅い。天然の要害《ようがい》である山が朱華からの侵入者を防ぎ、さらにその背後の盆地で承和軍の軍勢を養うことができる。守るに易《やす》く、攻めるに難い地であった。

わざわざそこから攻め入ったのは、今まで両国が争う時には常に退紅を経由しての戦いであったため、いきなり承和国に侵入し奇襲をかければ承和も油断しているだろうとの目論見《もくろみ》からのことであった。

しかし、承和の手の者が朱華に入っていたのだろう。朱華の動きは逐一、承和に洩れていた。

そのため、承和側は万全の守りで、戸那口城にて朱華、退紅軍を待ち構えていたのである。

こうなると、奇襲にはならない。


結局、この地で両軍は睨み合う形になり、前にも後ろにも進めなくなったのである。攻め入れば無駄に死者を出すだけであるし、退《しりぞ》けばしんがりに攻め入られる。

「くそっぅ、結城康治め！」

朱華の国主、柴辻直義《なおよし》が扇《おうぎ》を地面に叩きつけて苛《いら》立《だ》ったが、こうなっては危険を覚悟の上、退くしかない。

「しんがりは、高津殿にお任せした。毎度の戦で慣《な》れておろう？」

康成にしてやられた腹立ちをぶつけるように、直義は参軍している高津忠政にしんがりを命じると、自分はさっさと軍を引き払ってしまう。

忠政に否やと言う隙《すき》はない。

「殿、いかがなさいますか」

絶望的な面持ちで家臣が訊《たず》ねるのに、忠政は渋面で返すしかない。

「しかたなかろう。ただし、くそ真面目《まじめ》にしんがりを務めることもない。まっすぐに退紅に向かい、那《な》賀沙城《かさじょう》に入るのだ。これは、承和と朱華の戦い。おとなしく引き下がれば、承和も我が領内までは追っては来ないだろう」

承和にとっても近いのは退紅の那賀沙城ではなく、朱華の阿多加城《あたかじょう》だ。今回接しているのは退紅ではなく朱華なだけに、承和軍が朱華軍を追ってくれることを忠政は予想した。退紅に、承和に手向かう気はないと伝われば、今までの慣例からおそらく見逃してもらえる。もともと退紅は、承和と朱華に翻弄される位置にある小国なのだ。

忠政はそう期待した。

忠政の期待は的中した。戦意を示さず一目散に退紅領内に向かった忠政たちに、承和軍は戦を仕掛けてこなかった。

代わって攻め入られたのは、朱華軍が逃げ込んだ阿多加城だ。すっかり承和に攻め入るつもりでいた朱華側は、ろくな守りを阿多加城に置いていなかった。しかも、逃げ込んできたのだから、そこを間髪《かんぱつ》いれずに攻め入られればひとたまりもない。

さんざんに追い散らされ、国主の直義はほうほうの体で柴辻家の居城、長富城《ながとみじょう》に逃げ帰った。

これで、今回の戦は終わったと、誰しもが思った。承和軍に放った物見によって承和が自領に向かって帰っていったのを確認した忠政も、そう思った。そのため、忠政も自らの居城に帰陣しようと、立てこもっていた軍勢とともに那賀沙城を出たのだ。

そこで、承和軍が退紅に向かって反転した。すっかり安堵した退紅軍をひっそりと追いかけて退紅領内に入り、油断しきっていた忠政たちに襲いかかったのだ。

まさか承和が戦を仕掛けてくるとは思いもしなかった退紅軍は動揺し、あっという間にちりぢりばらばらになった。

忠政もただもう必死で逃げるしかない。

少数の近侍とともに居城である羽黒城《はぐろじょう》に駆け込んだ時には、承和軍は羽黒城までほんの五里ばかりの距離に迫っていた。


城内がなんとはなしに騒《さわ》がしくなったかと思うと、

「政尚、いるか！」

遠くから兄忠政の声が聞こえてくる。

起きて書を読んでいた政尚は立ち上がり、障子《しょうじ》を開けた。声のするほうに向かって、足早に室内を出る。

すぐに忠政と行き会い、政尚は渡殿《わたどの》に膝をつく。

「兄上、ご無事のお帰り……」

しかし、言いかけた挨拶《あいさつ》を、忠政が気ぜわしげに遮った。土埃《つちぼこり》に汚れた顔は、馬を駆けどおしに城に戻ってきたためだろうか。

眉の太い大造りな面差しが、今は険《けわ》しく曇っていた。全体的に線の細い政尚とは対照的な容貌《ようぼう》だ。人が見て、兄弟と言い当てる者は少ない。忠政は眉が太く、目鼻立ちがはっきりとして華やかな印象をしていた。それに大柄な体躯《たいく》をしているのだから、侍大将としていかにも威厳《いげん》のある姿になる。

「ああ、今日は臥せっていなかったか。それはよかった。行くぞ、政尚」

「え？　どちらにですか、兄上」

帰城していきなりそんなことを言う忠政に、政尚は戸惑《とまど》う。行くといって、どこに行くというのだろう。

忠政は、廊下に手をついていた政尚の手を取り、立ち上がらせる。骨細な政尚の手を、忠政は一摑《つか》みにしていた。

引き寄せた政尚の耳元に、忠政が囁《ささや》く。

「承和が来る。ここはもたない。逃げるぞ」

兄の言葉に政尚は目を見開いた。一瞬、兄がなにを言っているのか要領を摑めない。

「兄上、承和が来るとはそれは……」

先の知らせでは、承和軍は領国に戻り、忠政たちもそれに合わせて羽黒城に戻ってくるということではなかったのか。

政尚は戸惑い、兄の顔を見つめた。忠政は渋い顔で首を振っている。

「承和に謀《たばか》られた。領国に戻ると見せかけて、我が領内に攻め入ってきたのだ」

「そんな……」

政尚は言葉を失った。かつて何度も承和と朱華は争い、その争いに退紅も否応《いやおう》なく巻き込まれたが、どちらかの大国が退紅に攻め入るということはほとんどなかった。退紅がなければ両国は直接対峙《たいじ》するしかなく、それを承和、朱華ともに避けていたのだ。

「承和は、朱華についた我らを罰するつもりですか？　それとも、退紅を我がものにせんとしているのですか」

それにより、対応が異なってくる。

忠政が皮肉げに口元を歪《ゆが》めた。

「罰するだけならば、羽黒城まで追ってこずともよかろう。承和に帰り際、那賀沙城にこもった我らに少しばかり灸《きゅう》をすえればよいことだ」

「それでは、承和は……我らを滅《ほろ》ぼすと」

信じたくない思いで、政尚は呟いた。両国の間でうまく舵を取り、なんとか生き延びていけると思っていたが、ついにそれは許されなくなったのだ。

承和が――藤次郎がここに攻めてくる。

政尚の腹の底が冷えてくる。先日、幼い日のことを夢に見たのは、今日の日の予兆であったのか。

「義姉上《あねうえ》と虎寿をお連れしなくては」

即座にそのことが思い浮かぶ。

なにより、虎寿が大事であった。今や、ただ一人残された兄の男児だ。

だが、虎寿たちの居室に向かおうとした政尚の手を、忠政が摑んで放さない。

「あれをおまえが案じる必要はない。おまえは私とともに逃げるのだ」

「兄上、なにを仰せになられます。虎寿は、兄上の大事なご嫡男ではありませんか」

「――私の嫡男はおまえだ」

忠政が低く囁く。

兄の囁きに、政尚はびくりと肩を揺らした。

「なにを……仰せになられます。私は弟です」

たとえ実際にどうであったのか誰にもわからないとしても、公には政尚は父政辰の子だった。忠政の子ではない。

それに、今は政尚が誰の子であるのか、論じている場合ではなかった。


しかし、兄は執拗《しつよう》だった。囁く声が熱っぽい。

「いいや、おまえは私の……しずの子だ。しずが残したたった一人の息子だ」

「兄上……」

腕を摑む忠政の手が熱い。母の名を口にした兄の声にも、同じ熱がこもっていた。

政尚の生母しずは忠政が愛したたった一人の女だ。父と兄、どちらの子であろうとも、政尚がしずの産んだ子である限り、兄は実の子よりも政尚を取ると言うのか。

そんなことは許されない。

「いけません、兄上」

政尚は静かに反対した。それでは領内が収まらない。

いつの間にか、政尚はまるで抱きしめるような近さに、兄によって引き寄せられていた。兄の目が、しず本人を見つめているかのように、狂おしく政尚を見つめている。

兄の目に、なにかはわからない恐れを、政尚は感じた。承和の軍に追い詰められて、兄は自暴自棄《じぼうじき》になっているのではあるまいか。

兄の焦《あせ》りに、自分まで同調してはならない。

政尚は、忠政を見上げる眼差しに力を込めた。ここはどうでも、兄を説得しなくてはならなかった。

兄がどういうつもりで言っているのかはわからぬが、兄の嫡男は虎寿であって、政尚ではない。

逃げるべきは、兄と虎寿だった。

「兄上と虎寿には、どうあっても逃げていただかなくてはなりません。ですが、私は足手まといになります。この身体では、逃亡の厳しさに耐えられません。逃げるのは、兄上と虎寿がともに――。私はここに残ります」

政尚の言に、忠政が激昂《げっこう》する。

「馬鹿《ばか》な！　虎寿には家臣をつけてこの城から落ち延びさせる。おまえは、私とともに来るのだ」

「いいえ！」

政尚は首を振った。嘘偽《うそいつわ》りでなく現実に、自分は兄たちの足手まといにしかならない。自分が一緒では、早晩、兄の重荷になる。

退紅のためには、兄と虎寿が生き延びなくてはならなかった。

「誰かがここに残らねばなりません。ここに残り、承和の出方を知る者が必要です。幸い私は身体が弱く、戦の役には立ちません。であれば、承和の者も私の首を求めないでしょう。それに、承和の国主、結城康治殿とは承和に人質に参っていた折、いささか親しくいたしておりました。そのことを結城殿に申し上げれば、きっと私のことを思い出してくださるはず。そうなれば、私を粗略《そりゃく》に扱うことはありますまい。運がよければ、側《そば》に置いてくださるかもしれません。むろん、人質としてということになると思いますが……。さすれば、兄上に承和の内情をお知らせすることもできましょう。今は退紅を守ることができませんが、いずれ捲土重来《けんどちょうらい》を期することもできます。兄上、どうか今は虎寿とお逃げください」

政尚は必死で言葉を紡《つむ》いだ。結城康治が自分を覚えているとも思えなかったが、どんな偽りでも口にして、兄を説得しなくてはならない。退紅に必要なのは政尚ではなく、忠政と虎寿なのだ。特に、忠政にはなんとしても生き延びてもらわなくてはならなかった。

政尚には、その捨て石になる覚悟ができている。

しかし、兄はなかなか諾《だく》と頷《うなず》かなかった。

「政尚、駄目だ」

政尚のでまかせを察しているかのように、兄はますます強く、政尚の手首を握りしめる。

どうしたら、兄を説得できるのだろう。政尚は焦った。

政尚の必死の説得にも頷かない忠政に、それまで黙っていた近習の越智貞経《おちさだつね》が口を開いた。

「政尚様の申されるとおりです、殿。ここは一旦《いったん》、急ぎ城を出るべきです。虎寿様のことは、渋江《しぶえ》がお守りいたします。承和が政尚様を責めることはありませんでしょう。どうか、殿」

「兄上、お早くお逃げください」

政尚も重ねて、兄に頼んだ。兄が生き延びてくれなければ、退紅は終わりなのだ。

二人がかりで言い募《つの》られ、とうとう忠政は無念そうに頷いた。頷くしかないという無念さで、政尚の腕をきつく握っている。放したくないと、その手は言っているようだった。

「……わかった。政尚、けして無理をするな。命を惜しむのだぞ。おまえだけが私の……」

言葉を詰まらせ、忠政は政尚を抱きしめた。

政尚の胸も熱くなる。十年前のあの日、この兄が政尚の命を救ってくれたのだ。父を殺すことによって――。

今度は、政尚が兄に報いる番だ。

「はい、兄上。無茶はいたしません。そんな度胸もありませんから」

兄を安堵させるために、政尚はあえて朗《ほが》らかに頷いた。しかし、命を惜しむつもりなどない。あえて敵方に残り、調略《ちょうりゃく》に手を染めるのだ。結城康治に知られれば、死を覚悟するしかない。

そんな決意を微塵《みじん》も感じさせず、政尚はわずかに微笑《ほほえ》んだ。

「無理などできる身体でもありません。大丈夫です、兄上」

「そうだな。……すまぬ、政尚。無事でいろ、必ずだ。必ずおまえを取り戻す」

「はい、兄上も」

忠政が、もう一度名残惜しげに政尚を抱きしめ、それからそっと身体を離した。じっと見つめる眼差しは、ひどくつらそうだった。

だが、そうしている間にも刻一刻と承和軍が羽黒城に近づいていた。逃げるのならば、時間がない。

政尚は兄の背をそっと押した。

その手に促《うなが》されるように、忠政が歩き出す。付き従う越智が政尚を振り返り、一度、深く頭を下げた。

それに頷きを返し、政尚は兄を見送った。

虎寿のことは越智の言うとおりならば、渋江が守って城から落ち延びるだろう。

あとは残った政尚が、逃亡のための時間を稼《かせ》ぐだけだ。適当に時間を稼いだのちは、承和に城を明け渡す。

そこから先は、なんとか結城康治の側に近づく。退紅のために、間者《かんじゃ》となる人間が必要だった。

口からでまかせの思いつきではあったが、退紅のためにできることはなんでもやってみるべきだった。

忠政たちを落ち延びさせるために時間稼ぎをしたことはすぐに承和側に知れるだろうが、それで政尚を殺すか否か。賭《か》けではあるが、今はその極微小の可能性であっても賭けてみるべきだ。

もしも藤次郎が、松寿との縁《えにし》を覚えていてくれたら――。

今はそのかすかな縁に縋るしかない。

松寿の処刑を、やめろと言ってくれた藤次郎に賭けてみるのだ。もしもうまくいけば、兄に承和の内情を知らせることができる。

城内の守りを固めるために、政尚は城の本丸に向かった。本丸といってもごく小さい。

羽黒城はさほど大きな城ではなく、尾根を利用した山城であったから、承和や朱華のような大国の居城と比べると小ぢんまりとした造りであった。

ただし、張り出した尾根沿いに川が流れているため、城の三方がうまい具合に川に取り巻かれている。少人数でも守りやすくなっていた。

本丸の広間には、忠政に城の守りを任されていた税所教繁《さいしょのりしげ》がいた。

「税所、虎寿たちは無事落ち延びたか？」

承和軍を迎え撃つ準備で慌《あわ》ただしい様子だったが、政尚の声に税所が振り返る。

「これは、政尚様！　殿と一緒に落ち延びられたのではなかったのですか」

驚いた様子で、税所が政尚の姿に目を見開く。忠政にそう聞かされていたのだろう。

しようのない兄だ。

政尚はわずかに笑みを浮かべ、首を振った。

「私がともにいては足手まといになる。ここに残り、兄上と虎寿が落ち延びられるのに時間を稼ぐ。それと……」

政尚は声を潜《ひそ》めた。

「うまくいくようであれば、承和の俘囚《ふしゅう》となりたい」

「政尚様、それは……！」

税所の表情が険しくなる。

「誤解するな」

政尚は税所をなだめた。

「兄上を裏切り、承和に下りたいというのではない。そうではなく、兄上のために承和に入り込みたいのだ。落ち延びられた兄上のために、誰かが承和の手の内を知らねばならぬ。そして、それを兄上にお知らせせねばならぬ。むろんすべては、兄上たちのために時間を稼いだのちのことだ。だがもし機会があれば、生きて承和の囚《とら》われ人になりたいのだ」

ひそひそと囁く政尚の言葉に、税所は無言で聞き入っていた。

政尚が口を閉ざすと、強く頷く。

「そういうことであれば、城の守りはそれがしにお任せくださりませ。政尚様は奥でお休みになっておいでください。籠城《ろうじょう》の責めは、それがしが負《お》います」

「いや、それは駄目だ。税所も機会を見て落ち延びてくれ。籠城の責めは、私が負う。兄上には一人でも多くの家臣が必要なのだ」

「いけません、政尚様！　それでは、政尚様が首を落とされます」

税所が異議を唱える。

政尚は微笑んだ。

「うまくいけば、と言っただろう。承和での人質の折、藤次郎殿——今の結城康治殿とは親しくしていた。その折のことを覚えていてくだされば、命を助けてくださるかもしれん」

わざと楽観的に、政尚は言った。

うまくいけば程度の可能性でいいのだ。もしもうまくいき、承和の囚われ人となれば、兄のために間《かん》諜《ちょう》となることができる。

それを果たせず、籠城の責めを負って死ぬことになっても、少なくとも退紅のために大事な家臣を生かすことができる。

政尚にとって、どちらに転んでも利があった。できうることならば、という程度の可能性でいいのだ。

しかし、税所は厳しい顔で否と答えた。

「それがしが生きて殿の元に参ることより、政尚様が承和の手の内に入り込むことのほうが大事です。いずれ必ず、殿が退紅を取り戻せるよう、政尚様には承和の内情を殿にお知らせくださらねばなりません。そのことが、どれだけ殿の御為《おんため》になることか。そのためにそれがしの命を惜しんではなりません」

「いや、税所、おまえを犠牲にすることはできない。これは、うまくいったらでよいのだ」

承和軍に奇襲をかけられ、ただでさえ少ない高津家の家臣の中には討ち死にした者も多くいるだろう。この上、税所まで失うわけにはいかない。

翻《ひるがえ》って、病身の身で戦にも満足に参加できない政尚は、最初から忠政の家臣の数の内に入っていない。たとえここで殺されようが、兄にとって損失にはならなかった。

ただ政尚が、しずのただ一人の子であるということを除いては――。

そのことは、税所も知っていた。

しずと父、兄との係《かか》わりは、城中では伏せられていたが、完全に秘することはやはり難しく、重臣たちの中には知っている者もいた。

忠政にとって、我が子よりも大事なのは政尚。そのことを、税所は十分に承知していた。おそらくは、政尚よりも。

「殿は、落ち延びたそれがしを斬るでしょう」

税所は静かにそう告げた。

政尚は息を呑《の》む。税所の言うことが思い違いだと、即座に言い返したかったが、税所の表情がそれを許さない。

すべてを承知している男の顔だった。

「……知っているのだな」

「はい。しず様のこと、殿にとっては生涯一度の……」

その先を、税所は濁《にご》す。口に出す必要のない秘め事だった。

「もしも私が死んだなら、兄はおまえを赦《ゆる》さぬか」

「はい。ご嫡男虎寿様よりも、殿にとって政尚様のほうが大事なお方です。たとえ生きてここを落ち延びても、殿はそれがしを斬ります。ならば、ここで斬られるのも、殿に斬られるのも同じことです。同じことならば、少しでも殿の御為になる死に方こそが、長年高津家に仕えたそれがしのとるべき道です。どうぞそれがしに、籠城の守将をお任せくださいませ。折を見て、承和に城を明け渡します。その時、政尚様は病《やまい》にて臥せっておられるということにしてくだされ。病身故に、城に取り残された、と。さすれば、承和の者も政尚様に責めは負わせますまい」

すっきりとした眼差しで政尚を見下ろす税所に、政尚は反論を唱える言葉を失った。

忌《い》まわしいことだが、税所の言うことは筋が通っていた。ただ落ち延びても、たしかに兄は税所を赦さぬかもしれない。政尚が殺されればなおさらだ。

税所に言われて初めて、政尚はその可能性に気づいた。まさかと思いたいがしかし――。

政尚の脳裏に、別れる直前の兄の様子が思い浮かぶ。兄は明らかに、嫡男虎寿よりも政尚の安全を優先していた。

政尚を見つめる、あの狂おしいほどの眼差し――。兄であればあるいは、税所の言うとおりのことをするかもしれない。

逃げるも残るも死の道に通じているとあらば、残って活路を開くほうがまだ死に甲斐があるという税所の言い分を、政尚は即座に否定することができなかった。

退紅は、一旦滅びようとしているのだ。

苦い思いを飲み下し、政尚は頷くしかなかった。

「すまぬ、税所。兄が私に拘《こだわ》らなければ……」

「いいえ。政尚様が承和の手の内に入り込めれば、殿にとっては僥倖《ぎょうこう》となります。そのための捨て石になるのであれば、それがしの死も無駄にはなりません。——さ、この籠城のあと、殿と政尚様を結ぶ手の者になる者を選びましょう。たしか、心利いた者が城中にいたはず」

政尚を納得させたとみると、税所はすぐに次の手《て》筈《はず》を整え始めた。

政尚が承和の囚われ人になったとして、内情を忠政に伝える役を務める者が必要だった。

すぐに、税所は思い当たる人物を呼びにやらせた。

税所の命に応じ、一人の若者がやってくる。若いとはいっても、政尚よりは年長だ。痩《や》せてひょろりとした体軀をしていたが、頑健《がんけん》そうな手足をしている。どこか笑っているような表情が、平時であれば愉快だと思っただろう。

「お呼びと伺《うかが》いましたが、税所様」

若者は階《きざはし》の下に膝をつき、かしこまっている。

「もう少しこちらに来い」

渡殿の端まで税所は出て、若者を手招いた。

若者がそろそろと近づく。

税所が政尚を振り返った。

「政尚様、この者は赤垣重定《あかがきしげさだ》と申すものです。健脚自慢で、機転も利きます。この者ならば、殿との連絡役にうってつけでしょう」

「そうか」

税所が選んだ者ならば、否やはない。

政尚は頷いた。

それを了解の印《しるし》と受け取り、税所が赤垣に命を出す。

「鎧《よろい》を脱げ、赤垣」

「……は？」

命令の意図を理解できぬ様子で、赤垣が首を傾《かし》げる。

廊下に膝をつき、税所は続けた。

「今からおまえは、政尚様付きの小者だ。侍女とともに、政尚様の御用を果たせ」

「――と、申されますと」

機転が利く、と税所が言ったとおり、税所の言から素早くなにかを感じ取ったのだろう。赤垣は表情を改め、税所を鋭く見返していた。

税所は頷き、口早に命じる。

「よいか、この城が落ちたのち、政尚様には承和の囚われ人になっていただく。おまえは、政尚様と殿との間を繋《つな》ぐ役を果すのだ」

「……承和の内情を、殿にお知らせいたすのですな」

赤垣の確認に、税所が深く頷く。それで赤垣には十分のようだった。

「承知仕《つかまつ》りました。ともに仕える侍女にお心当たりはございますか？」

「いや、そのほうにはあるか？」

「ございます。機転と度胸のある女子《おなご》を存じております故、その者を政尚様のお側付きということにいたしてはいかがかと存じます。おそらくまだ城内に残っておりましょう」

まるで以前から考えていたことのように、よどみなく赤垣が意見を述べていく。

すらすらと述べたあと、赤垣は政尚に身体を向けた。

「よろしゅうございますか、政尚様」

「ああ、よろしく頼む、赤垣」

政尚は頷いた。

「それでは落城まで、政尚様の御身をお守りいたせ」

税所が赤垣に命じた。

「承知仕りました」

膝をついたまま深く一礼し、赤垣は立ち上がる。

「税所、頼んだぞ」

政尚は様々な思いを込めて、税所に頷いた。

税所は膝をつき、政尚に頭を下げる。

「どうぞ殿のこと、よろしくお願い申し上げます、政尚様」

「ああ、必ずこの退紅を取り戻す。承和のものにはさせない」

強く答え、政尚は税所に背を向けた。税所が無事に時間を稼ぎ、兄たちが落ち延びられることを、政尚は神仏に願った。

二

羽黒城が落城したのは、それから三日のちのことだった。

神経が張り詰め、ほとんど眠れなかった政尚の身体は微熱というにはやや高い熱を発していた。色が白いせいで、頬の赤みが目立っている。熱のせいで潤《うる》んだようになった瞳《ひとみ》が、政尚の具合の悪さをいっそう目立たせていた。

本来ならば寝ていなければならない身体に、寝衣ではなく直垂《ひたたれ》を身につけ、政尚は室内から庭を眺めている。

落城といっても、城に侵入されての降伏ではなかったので、城中は静かだった。

今頃粛々《しゅくしゅく》と、承和の主だった武将たちが羽黒城に入ってきているだろう。今後しばらくは、ここに承和国主結城康治が留《とど》まることになる。

「政尚様、白湯《さゆ》でございます」

赤垣が、機転と度胸のある女子と評した侍女やすが茶碗《ちゃわん》を差し出す。赤垣と同様、格別の美女ではないが人好きのする容貌をしている。笑った顔などは特に開けっぴろげで、気のいい女に見えた。

「ありがとう」

礼を言い、政尚は茶碗を手に取った。

ほとんど食事は喉《のど》を通らない。兄たちの身の上、税所の処分、そして、うまく承和の内部に入り込めるかという心配事が、政尚の心を鬱々《うつうつ》とさせていた。

結城康治――藤次郎は、どのような武将に成長したのだろうか。

伝わる話によれば、父を亡くしてから三年、康治を国主とした承和の国は年々国力を高めていると聞く。じりじりと朱華の領地を削《けず》り取り、今度は退紅を手に入れた。これでいっきに、承和は領地を広げたことになる。

──父上、松寿を殺すのはおやめくださいませ！

そう叫んで、政尚の命乞《いのちご》いをした藤次郎は、承和の領主として政尚のいる退紅に攻め入ってきた。もはやあの頃の幼い藤次郎の面影《おもかげ》は、一片《いっぺん》もないだろう。

だが、政尚はなんとかして過去の温情を引き出し、藤次郎の情に縋らなくてはならない。

藤次郎があの頃の藤次郎でないように、政尚も藤次郎に一心に感謝していた幼子《おさなご》ではないのだ。退紅を、兄の下に取り戻す。それが政尚の役目だった。

庭先に、粗衣《そい》を纏《まと》った赤垣がひそやかに入ってくる。枯れた葉を踏む音に、秋が深まる気配を感じた。

「結城康治様が城内に入ったとのことにございます。じきに政尚様をお呼びになられるでしょう」

「ああ、そうか」

政尚は眼差しを上げ、城の大門の方角に視線を向けようとした。

しかし、頭の芯《しん》がくらりと揺れる。

「……っ」

眩暈《めまい》がし、政尚は額《ひたい》を押さえた。脆弱な身体が呪《のろ》わしかったが、今回はこれを利用できる。

「藤……いや、康治殿のお姿はお見かけしたか？」

政尚の命乞いをした時の憐情《れんじょう》が、万分の一でも残っていれば、この弱い身体も使い道がある。

「は、入城の折、わずかではありますが」

「どのような方であった？」

「そうですな……」

思い起こすように、赤垣が顎《あご》をゆるりと撫《な》でる。しばらく考えて、口を開いた。

「姿のよい若武者でありました」

「姿の……よい？」

政尚はわずかに首を傾げる。幼い日の藤次郎は、真っ黒に日焼けしてあちこちどこかしらに擦《す》り傷の絶えない悪戯《いたずら》坊主であった。奥向きの侍女たちのたまり場に毛虫を投げ入れたり、母君の香木をただの枯れ木と摩《す》り替えたり、それら様々な悪戯に政尚と、六歳の弟新九郎を従えてのし歩いて得意げだった姿が印象に残っている。手に負えない悪戯っ子だった。

それが、姿のよい若武者？

すぐには想像できない。

首を傾げる政尚に、赤垣が思い出し思い出ししながら康治の描写をする。

「こう……馬上で背筋がすらりと伸びていて、凛々《りり》しいお顔をしておいでていでした。あのご様子では、女子が放っておきますまい」

「女子が？　……そうか。少々意外だな」

政尚の口元が綻《ほころ》ぶ。悪戯ばかりしていた小僧と、女子が放っておかない男ぶりの若武者がうまく結びつかない。

しかし、笑みが浮かびかかった口元は、次の赤垣の言葉で引き締められた。

「少なくとも、鬼のようには見えませんでした。むしろ、情けを知るような……」

「……それでは、情に縋ることもまんざら無理とは申せぬな」

笑みは消え、呟く声も低くなる。

赤垣も、政尚に同意して頷いた。

「よもや、政尚様をお疑いになられることはありますまい。真実、お身体がお弱いのですから。――お熱の具合はいかがでございますか？」

階の下から窺《うかが》うように、政尚を仰《あお》ぎ見る。

肌の内側から赤みを発しているような頬、熱ぼったく潤んだ眼差しに、赤垣は真剣な顔で頷いた。

「やす、政尚様が結城様の御前に参られる折には、お身体をお支え申せ」

「かしこまりました」

やすが承知したと一礼する。

赤垣の命に、政尚は異を唱えなかった。できるだけ哀れに、藤次郎の同情を引くのが、この場合肝要であった。

「――それでは」

と、頭を下げ、赤垣が庭先から去る。ここから先は、政尚の芝居にかかっていた。

しばらくして、承和の者どもが広間に揃《そろ》ったと知らされた。

政尚はやすの手を借りて広間に向かった。立ち上がると、実際に身体がふらつく。気を張ればなんとか一人でも歩けたが、赤垣の言うとおり、あえてやすの手を借り、政尚は時折よろめきながら広間へと歩を進めた。

侍女の手を借りて現れた政尚に、一座から訝《いぶか》しげな声が上がる。だが、政尚の苦しげな息遣い、身体の芯に力が入らぬ様子から、その不調を見て取ったようだった。

なんとか御前まで進み、ほとんどくずおれるように着座する。政尚を座らせてから、やすが政尚の少し後ろで深々と平伏していた。

政尚もすぐに平伏したため、結城康治の姿はまだ確認できないままだ。

呼吸を整え、政尚は口を開いた。

「高津忠政が弟、政尚にございます」

「政尚殿……松寿か。顔を上げてくれ」

返ってきたのは、思いがけないほど温かな声だった。

政尚は時折苦しげに息を吐き出しながら、顔を上げた。

「松寿！」

嬉しそうに名を呼ばれたかと思うと、鮮《あざ》やかな陣《じん》羽織《ばおり》が間近に迫る。

紅葉《もみじ》の色をした陣羽織が目の前に見え、肩を支えられた。思わず、政尚は己を支える康治を見上げた。

驚きに、政尚の両目が見開かれる。康治、いや、

藤次郎は真っ黒な悪戯っ子から、涼やかな若武者に変わっていた。きりりとした眉、その下の濁りのない眼差し。かすかに笑みを浮かべた口元はやさしげで、それでいながら男らしさを失っていない。

政尚を支える腕は強く、しなやかな強靭《きょうじん》さを感じさせた。

姿のいい若武者――。

そう言った赤垣の言は、まさしくその通りだった。

「藤……いえ、結城様……」

思わず藤次郎と言いそうになり、政尚は慌てて言い直す。

しかし、康治はかえって目尻《めじり》をやさしく和《なご》ませて、政尚を見つめてきた。

「藤次郎でかまわぬ。久しかったな、松寿。松寿でいいだろう？　政尚というと、なんだか別の人間のようだ」

「それは……かまいませぬが……あっ」


戸惑う政尚の額に、康治が手を押し当てる。いかにも武将らしい無骨な手だ。鍛《きた》えられた男の手だった。

康治の表情は驚きに変わる。

「熱がだいぶあるではないか。あれ以来、身体を悪くしていると聞いている。それ故、この城に残されたのか？」

「いえ……」

自分から残ったと言いかけて、政尚は言葉を飲み込んだ。自分から残ったというより、兄に捨てられたと言ったほうがずっといい。

康治の態度は想像していたものとまったく違っていたが、その善意につけ込むのが、政尚の役目だった。

「……足手まといになります故……」

それだけ呟き、言葉を濁す。これで、康治は都合のいいように誤解してくれるはずだ。

案の定、というべきか、政尚の答えを聞いて、肩を抱く康治の腕の力が強まる。

「そうか……。だが、なにも案じずともよい。ゆっくりと養生いたせ」

「よろしいのですか？」

仰ぎ見ると、康治は力強く頷きを返す。

「ああ。ただ、この城から出すわけには参らぬがな。おまえの兄を捕らえるまで、松寿には私の客人となってもらわねばならぬ」

「客人……？」

俘囚ではないのか。

意外な面持ちで、政尚は康治を見つめた。いくら幼少期に親しくしたことがあったとはいえ、敵方の一族に甘すぎはしないだろうか。

康治の家臣は黙ってはいまい。

しかし、政尚の案に相違して、康治の決定に意を唱える家臣はいなかった。

「梶川《かじかわ》！　これへ」

と、家臣の一人を康治が呼ぶ。

主君の呼びかけに応じて、控えていた武将の一人がわずかに前に膝を進める。

梶川と呼ばれた武将は、康治と政尚に向かって一礼した。

「梶川信友《のぶとも》だ。おまえの世話はこの者がする。なにか不足があれば、かまわず梶川に申せ」

「……ですが、私は人質なのではありませんか？」

俘囚でなければ人質だ。特に、兄が逃亡している現状では、政尚を客人と呼ぶのはおかしかった。

「あのようなことは、二度とない」

政尚の戸惑いに、康治がわずかに声を低めて答える。じっと見下ろしてくる眼差しに、政尚の戸惑いはますます強まった。

あのようなこと――。

おそらくそれは、十年前の殺されかけた時のことを指しているだろう。もしも政尚が俘囚か人質であれば、兄の動き次第で殺されかねない。

それはせぬ、と康治は言うのだろうか。

しかし、一国の国主がそれでいいのか。

「案ずるな。おまえは、私の客人だ」

強く言ってくれる言葉が、政尚を戸惑わせた。康治がやさしくしてくれる理由がわからない。

だが今は、それに縋るしかなかった。


「殿、少々やりすぎではありませぬか?」

評定のあと、人がいなくなったのを見計らってから梶川が康治に意見してきた。

梶川は康治の乳兄弟だ。それだけ、他の家臣より近しい間柄ではある。それ故、他の者では言いにくい事柄も、梶川なら口にできた。

梶川以外でそれができるのは、康治の弟、新九郎貞康《さだやす》だけだ。

「やりすぎ……か」

康治の口元に苦笑が浮かぶ。たしかに、自分でも少々呆《あき》れるほど、心が高揚《こうよう》していた。

松寿にようやく再会できたのだ。こうして会えるまで、十年かかった。

むろん、松寿のために退紅を攻めたわけではない。朱華の勢力を削ぐための攻略の一環として、退紅を攻め取ったのだ。

父の代から終始、攻めたり攻められたりしている朱華とは、いいかげん決着をつけたかった。退紅を拠点に朱華の領国を削っていけば、遠からず朱華は承和に攻め入る力を失っていくだろう。

朱華との戦を減らせれば、承和の国力をさらに充実させることができる。国を富ませる力となる農民にとって、平安がもっとも望ましい状態だった。

さらに、国が安んじれば、それだけ商人たちも立ち寄りやすくなる。

もういいかげん、争いを繰り返すことで国を貧しくさせたくはなかった。

だが、そういった領主の務めとは別に、松寿のことはずっと康治の心に残っていた。

幼い日の、わずか一年余りの繋がりを、自分がここまで覚えていられるとは、康治も思ってもみなかった。

もしかしたらそれは、松寿が人質として、父に殺されそうになったせいかもしれない。

あるいは、松寿が退紅に帰ったあと、文を送っても送っても返事が返ってこなかったせいかもしれない。

さらに言えば、文の返事が来ないのは、松寿の兄忠政に握りつぶされていたと知ったせいかもしれなかった。

あの、松寿が死ぬかもしれなかった瞬間、松寿を救ったのは康治ではなく、忠政であった。

実の父、政辰に謀反を起こして退紅の領主となり、それによって忠政は松寿を救ったのだ。

あの時、松寿が助かったことに安堵しながらも、それをなしえたのが自分ではなかったことを康治は口惜しく感じていた。

ただ口惜しく感じるだけではない。胸がやきもきするような、いてもたってもいられないような、腹立ちまぎれになにか壊してやりたいような、そんな苛立ちを感じていた。

種類は違うのだが、それは、松寿を初めて笑わせた時に感じたものと似ていた。

退紅から承和に人質としてよこされた松寿は、康治より二歳も年下のくせに子供らしくない少年で、しかつめらしい顔をして笑うことがなかった。

今にして思うと、松寿には自分がどういうわけで承和に人質に出されたのか、よくわかっていたのだろう。政辰が松寿を犠牲にするつもりで人質に出していたことも、最初から承知していた節があった。

だから、子供らしく笑うことも、戯れることもなく、しかつめらしい顔をして書を読む日々を送っていたのだと思う。

初めて会った時から、康治はそんな松寿を笑わせてやりたくてたまらなかった。自分でもよくわからぬまま、あの時の康治は松寿が無理をしていることを見抜いていたのかもしれない。

強引に外に連れ出してやっても気の乗らぬ様子で、松寿はため息ばかりついていた。

といって、松寿の書に悪戯書きをしてやっても、わざと強く突き飛ばしてやっても、松寿はけして怒らない。ただなにかに耐えるようにして俯《うつむ》くだけだ。

挙げ句の果てに池に突き落として風邪を引かしてしまっても、松寿はやっぱり怒らなかった。

しかし、ひどい熱を出した松寿に、さすがの康治もやりすぎたと後悔を覚えた。別に松寿に意地悪をしたかったわけではなく、ただ怒ったり泣いたり、できれば笑ったり――そういう松寿の顔が見たかっただけなのだ。

それにしても、風邪を引かせたのはいかにもやりすぎた。もう松寿と顔を合わせられない。

父にも兄にもこってり叱《しか》られた康治は、それから毎日、誰にも見つからないように松寿の居室の廊下に野花を置くことしかできなかった。

時には、もらった菓子を花につけたりもした。見舞いのつもりだった。

しかし数日して、結局松寿に見つかってしまった。

その時、初めて松寿の笑顔が見られたのだ。

「ありがとうございます」

小さな頭をぴょこんと下げて、松寿が大切そうに花を胸に抱きしめる。それから少し、恥ずかしそうに見せた笑みを、康治は今でも覚えていた。

思えば、あの時から康治は松寿を愛《いとお》しく思っていたのだ。

もっとも、それを自覚したのはずっとあとのことだったが――。

それからしだいに松寿も打ち解け、康治や新九郎と一緒に屋敷内を駆け回るようになっていった。

子供だった康治は、そんな時間が永遠に続くと思っていた。

「……細い肩だったな」

康治は呟いた。抱き支えた松寿の肩は、二十歳の男のものとは思えぬほど薄く、頼りなかった。

松寿を支えていた掌《てのひら》をじっと見つめる康治に、梶川がため息混じりにこめかみを押さえる。

「殿が政尚様を格別に思《おぼ》し召しておいでのことは、我らもよく承知しております」

松寿が退紅に帰ったあと、文が来ないといっては騒いだ少年の康治の姿は、語り草として残っている。

長じてからは、ひそかに絵師を退紅に向かわせ、松寿の姿を描かせ、手元に取り寄せるなどしていたことも、けして秘密ではなかった。

だが、康治の家臣たちがすでに承知しているそれらを、松寿は知らない。松寿――政尚にとって、康治は十年ぶりに再会した懐《なつ》かしい相手にすぎない。

「政尚様にとりましては、殿はただ懐かしいだけの相手。――怪訝《けげん》な顔をしておられましたぞ」

「……ああ、そうだな」

ため息混じりに、康治が答える。政尚が訝しげな目をしていたことに、康治も気づいていた。いきなりあのように肩を抱けば、戸惑いもするだろう。

だが、今はもう政尚は康治の手の内にあった。邪魔をする忠政はもう政尚の側にいない。

「忠政の手の者を、松寿の側に近づけたくはないものだな」

「すでに入り込んでおりましょう」

梶川が淡々《たんたん》と答える。

「であろうな」

忠政がやすやすと政尚を手放すとは思えない。よくぞともに落ち延びなかったものだと、安堵する一方で、康治は思っていた。

一途《いちず》に政尚を想い、離れていた十年、その動向を逐一探らせていた康治には忠政の執着《しゅうちゃく》が政尚以上によくわかっていた。

「……好いた女の忘れ形見、か。あるいは、我が子か。どちらだと思う、梶川」

「さて、産みの母にもわからぬことが男にわかるはずもありません。今、問題にすべきは、忠政殿が何故、大事な忘れ形見をこの城に置いていったかです」

「わからぬか?」

康治は皮肉げに唇の端を上げた。自分が忠政ならば、どんなことをしてでも政尚を連れていく。自分がいなくなったあと、この城に入るのが康治と知っていればなおさら、忠政は政尚を城に残しておきたくなかっただろう。

だが、虚弱な政尚に忠政とともに落ち延びるのは難しい。

となると、残留を言い出したのは忠政か、政尚か。

「おそらく、松寿が自分から残ると言ったのだろうな」

政尚は純粋に兄のために、あるいは高津家のためにそう言ったに違いない。忠政にとっては、大いなる誤算だったろう。

おかげで、康治は政尚と再会することができた。

「自分から? しかし……」

梶川が反駁《はんばく》しようとする。康治は立ち上がり、両手を後ろで組んで庭園を眺めた。本丸の庭園は三日間の籠城のあとでもさほど荒れていなかった。

政尚は知らない。しかし、康治と忠政は互いに承知している。だから、忠政は康治からの文を政尚に取り次がなかった。

あらゆる意味で、忠政は康治にとって敵であった。

だが、政尚にとっては大事な兄だ。

「兄を守るために、松寿はここに残ったのだろう」

「守るために……。それでは、殿、政尚様は」

「すでに、忠政と通じるための手立ても立てているだろう。さて、どうするか……」

康治は思案するように目を細める。

梶川は片膝を立て、康治に諫言《かんげん》する。

「それでは、殿。政尚様を殿のお側に置くことは危険ではありませんか。いま少し、様子をご覧になっては」

康治の命により、政尚の居室は康治のすぐ近くに移されていた。元からいた侍女と下男が政尚についてきている。

「……そうだな」

康治は思案しながらも、政尚を遠ざける進言に頷こうとはしなかった。


枕元《まくらもと》には、やすが生けたリンドウが飾られている。

青紫の花を眺め、政尚は小さく微笑んだ。まるで、十年前に戻ったかのようだった。

「毎朝、廊下に置いてあるなんて、どういうことでしょうね」

やすが不思議そうに言いながら、薬湯を持ってくる。

やすに手伝われて身を起こしながら、政尚は種明かしをしてやった。

「康治殿だ。承和に人質に行っていた頃にも、同じことをしてくれた」

「まあ、結城の殿様が？」

やすが目を丸くする。それから、少しおかしそうに吹き出した。

「政尚様が姫様ならば別の考えも浮かびましたけれど、結城の殿様はなにをお考えなのでしょうね」

「そうだな。たぶん、子供の頃の悪戯をまたやっているのだろう」

微笑み返しながら、政尚は心が沈むのを感じていた。無邪気に、幼い頃同様の親しさを見せてくれる康治に、胸が痛む。政尚は、その康治を欺いているのだ。

「……苦い」

心中の痛みをごまかそうと、一息に薬湯を飲み干す。これのおかげでずいぶん身体が楽になったが、苦みが玉に瑕《きず》だった。

「はい、これをどうぞ、政尚様」

やすが水飴《みずあめ》を差し出す。とろりとした甘い飴は、口の中の苦味をやわらげてくれる。これも、康治が届けてくれたものだ。

客人と言った言葉の通り、康治の政尚への待遇は至れり尽くせりの手厚さだった。

つきかけたため息を、政尚は飲み込んだ。良心の呵責《かしゃく》など覚えている時ではない。政尚は、兄のためにこの城に残ったのだ。

微笑んでいたやすが、周囲の気配を窺ってから声を潜める。

「——殿が無事に朱華領内に入ったとのことにございます」

「兄上が?」

物思いに沈みかけていた政尚は、はっとしてやすを見返す。小さく頷くやすに、政尚も表情を改めた。

無事朱華領内に入ったということは、ひとまず安堵できるということだ。

「虎寿のほうは、まだ知らせは来ないか?」

やはり声を潜めてやすに訊ねる。

こちらには、やすは首を振った。

「いえ、渋江様からのご連絡はまだ……」

「……そうか」

待つしかないとはいえ、虎寿の身が心配だった。

忠政に続いて虎寿も、どうか無事に落ち延びていてほしい。

それからもうひとつ、気にかかることがある。

「税所の処遇はどうなった？」

表向きのいかなる話も、政尚のいるところにまでは聞こえてこない。さすがにそれは、警戒されているようだった。

政尚の問いに、やすの眉宇《びう》が曇る。

政尚は緊張した。やはり最初の予想通り、税所は籠城の責めを負い、首を落とされてしまったのか。

「それが……」

と、やすは口ごもる。それから、ひとつひとつ考えるように、口を開いた。

「結城の殿様は、税所様をご放免なさったのです」

「放免⁉」

思いもかけない答えに、政尚は驚いた。斬首でも俘囚でもなく、放免とはどういうことだろう。

やすも首を捻《ひね》っている。

「はい。一度は結城の家臣にならぬかとの仰せだったのですが、税所様がお断りになると、城に残っていた退紅の将兵とともに、ご放免になさったのです。好きにしてかまわぬと仰せになられて……」

「それは……どういうことだろうか」

好きにしてよいと放免すれば、税所は忠政のところに向かうだろう。あるいは、承和に抗《あらが》うためにいずれかの砦《とりで》にこもって、忠政を待つか。

いずれにしろ、承和にとってよいことになるとは思えない。

「赤垣はなにか言っていたか？」

康治がしたことの理由がわからず、政尚はやすに訊ねる。赤垣ならば、なにか理由を解き明かせるかもしれない。

しかし、やすはまたしても首を振った。

「いえ、赤垣殿もわけがわからぬと」

「そうか……」

政尚を手放しで側に置き、手厚く養生させ、さらに守将であった税所を将兵とともに城の外に出してやる。

康治の狙《ねら》いがどこにあるのか、はかりきれぬのが不安だった。それとも、税所が忠政の手勢に加わったところで、打ち破る自信が康治にはあるのか。

政尚は考え込む。

その耳に、廊下を勢いよく踏む足音が聞こえてきた。視線を障子のほうに向けたところで、影が映る。

誰、と問う間もなく、障子が開いた。

「松寿、具合はどうだ？　熱がだいぶ下がったと聞いたが」

康治だった。親しげな笑みをいっぱいに見せ、政尚の居室に入ってくる。

「これは、康治様」

慌てて居住まいを改め、政尚は康治を丁重に平伏して迎えた。

「私相手にそう畏《かしこ》まるなと言っただろう、松寿。顔を上げてくれ」

布団の脇《わき》に無造作に腰を下ろし、康治が政尚の肩を摑む。

促されるままに、政尚は顔を上げた。

「様々なお心遣い、ありがとうございました。それから、花も」

そう言って、少し恥ずかしそうに政尚は微笑む。

つられるように、康治の微笑も深まった。

「覚えていてくれたか」

「はい。散々、人に意地の悪いことをなさっておいでしたのに、風邪を引いた私に毎日のようにお花や、菓子を持ってきてくださいましたね。廊下にそっと」

くすりと笑うと、康治が照れくさそうに頭をかく。

「さすがに合わせる顔がなかったからな。私はただ、その……おまえと仲ようしたかっただけなのだ」

「はい、存じております」

つきん、と政尚の胸が痛む。あの頃、とうとう父に捨て石にされたのだと心を痛めていた政尚は、しきりにかまってくる康治にそっけない態度をとっていた。なにもかもが厭《いと》わしくて、誰とも話をしたくなかった。

しかし、それで焦《じ》れた康治に意地悪をされ、池に落とされて風邪を引いてしまった。どうせなら、このまま風邪をこじらせて死んでしまえばいいのに。そう思った政尚の風邪はなかなか治らなかった。

そんな政尚に、康治が毎日花や菓子を贈ってくれたのだ。連日ひそやかに廊下に置かれていた品々に、政尚がどれだけ慰《なぐさ》められたか。

自分のことをそっと大事に思ってくれる人がいる。それが、政尚の傷つき、凍《こお》りついた心を癒《いや》してくれた。嬉しくて、つい微笑んでしまった政尚に、康治がどれだけ明るい顔をしてくれたことか。そのことにまた、政尚がどれだけ心温められたことか。

それが、政尚にとっての康治なのだ。

だからこそ、退紅に帰ったあと、文が届かぬ康治に、政尚の心は沈んだのだが――。

自分はその康治を偽らなくてはならない。

康治が心遣いを見せてくれればくれるほど、政尚の良心の痛みは募った。

「どうした、松寿。具合がよくないのか?」

わずかに暗い表情になった政尚の顔を、康治が心配そうに覗《のぞ》き込んでくる。やさしく肩に置かれた手の温かさが、政尚をいっそうつらくする。

しかし、康治の入室で一旦下がっていたやすが白湯の入った茶碗を持って戻ってきて、政尚ははっとした。

自分は高津家の人間だ。康治は、敵方の将だった。

「——失礼いたします」

やすが控えめに、康治と政尚に茶碗を差し出す。それから、やすは下がっていった。

「休んだほうがいい、松寿」

顔色を心配して、康治が言う。

政尚は小さく首を振り、康治を見上げた。

「いえ、大丈夫です。康治様のくださった薬湯のおかげで、だいぶ気分がよくなりましたので」

「そうか？」

政尚が微笑むと、康治はほっとしたように目を細める。いたわりと、懐かしさのこもった眼差しにはいかなる悪意も感じられない。

次に康治の視線は政尚から枕元のリンドウに移り、口元を綻ばせた。

「こんなに近くに飾っていてくれたのだな」

「せっかくの頂き物ですから……」

目鼻立ちはすっかり大人に変わっていたが、表情は十年前の小僧のままだ。

長年、文もくれなかったのに、なぜ、こんなに変わらぬまま、政尚を受け入れることができるのだろう。十年という時間は、互いを敵味方に分けてしまったというのに。

しばらくの沈黙ののち、「そうだ」と康治が口を開く。

「なかなかこちらに参れなかったが、税所の件、おまえも知りたいだろう」

そう言って、康治は口調を改める。まさか康治自身からそんな話が聞けるとは思わず、政尚はわずかに緊張した。

「……はい」

居住まいを正し、静かに康治を見上げる。

緊張した面持ちの政尚を安堵させるように、康治が心持ち口元を緩《ゆる》める。

「我が家臣にしたいと思ったが断られたのでな、主君の下に行くがいいと羽黒城から出してやった」

「それは……寛大《かんだい》な思し召しで……」

最前、やすから聞いて知っていたが、政尚は驚いた顔をして、ぎこちなく頭を下げた。

しかし、いい機会だ。

政尚は少しだけ顔を上げ、康治を仰ぎ見る。やすと話していた時に感じた疑問を、そっと口に乗せた。

「ですがなに故、税所をお許しいただけたのでしょうか。税所が兄の下に帰参してもよろしいのですか？」

「そうだな、困るな」

そう言いながら、康治はからりと笑う。

政尚はますますわけがわからなかった。

「ご家中から、反対されたのではありませんか？税所はよき将です。康治様からの御恩は御恩として、退紅を取り戻すために、兄の下で勇戦いたしましょう」

「そうだろうな。だが……」

と、康治は苦笑しながら顎をかいた。

「税所はよき男だ。あのようなよき男を殺すに忍びなくてな。それに、私は負けぬよ」

笑みに太いものが混ざる。さらりと口にされた言葉には、実戦に裏づけされた自信が感じられた。

康治は一口、白湯を含む。

「――うん、美味《うま》い」

負けぬ自信があるから、政尚のこともこんなに近くに置いておけるのだろうか。

政尚はしばし康治を見つめた。目の前にいるのは、十年前の悪戯小僧ではない。大国承和の国主として、過不足ない力を持った男だった。

――退紅は康治殿には渡さない。

退紅国主、高津家のものだ。

政尚は顔を伏せ、きつく唇を引き結んだ。

三

「なんだ松寿、また書を読んでいるのか」

いきなり康治が現れる。ちょっとした合間を縫って、康治は一日に一度は政尚の居室に顔を見せた。

城が落ちてから七日ばかりが経ち、政尚の体調も落ち着きを取り戻していた。しかし、客人とはいえ、敵将の弟だ。政尚はみだりに城内をうろつくことを避け、居室で静かに書を読むことが多かった。

そうすることによって、自分が人質に準ずるという気持ちを持っていることを示しているつもりだ。康治の側にいるためには、できるだけ康治の家臣たちから妙な疑惑をもたれることは避けるべきだった。

それであまり困ることはない。なにしろ政尚が動かなくても、康治のほうから政尚を訪ねてくるのだ。体調が回復してからは、夕餉《ゆうげ》をともにせよと言われもする。

そうしてともにいる政尚に、康治は状況を隠すことなく語ってくれた。あまりに開けっぴろげすぎて、政尚が困惑《こんわく》するほどだ。

今日もずけずけと居室に入り、政尚の隣に腰を下ろす。ちらり、と政尚の書を覗き見た。

「――平家物語《へいけものがたり》か」

「はい。よい機会ですので、もう一度最初から読んでみようと思っております。それよりその……松寿というのはもうおやめくださいませんか」

もう何度目かの頼みを、政尚は口にする。最初は懐かしかったが、いいかげん大人としての名に戻してほしかった。

康治はいいではないかと手を振る。

「政尚というのはどうもしっくりこない。松寿がよい」

そう言って、手の甲でするりと政尚の頬をひと撫でする。可愛《かわい》くてたまらないといった風情で、康治は目を細めて政尚を見つめていた。

まともに見つめ返すのがなんとはなしに気恥ずかしく、政尚は眼差しを落とす。

子供の頃のまま、というと聞こえはいいが、康治の態度はあまりに近すぎ、政尚を戸惑わせた。

頰を撫でたあとは身を寄せ、政尚とともに書見台を覗き込んでくる。そうすると、どうしても身体が触れ合い、身を引こうとすると腰を抱かれる。

「康治様……」

「藤次郎だ。大人になってからのことはしばし忘れて、ともに幼い日の頃に戻ろう。な、松寿」

しっかりと腰を抱かれながら、顔を見下ろされる。しかし、にこりと笑みを浮かべた顔には、昔日の悪戯小僧の面影はない。大人の、男の顔だった。

「藤次郎と言ってくれ、松寿」

ねだる吐息が、耳にかかる。

政尚は落ち着かない気分になる。いま少し、康治に離れてほしかった。

「いけません、康治様。私は、あなたの敵将の弟です」

「……そんなことは忘れてしまえばいい。今はただの松寿と藤次郎だ。それでいいではないか」

「ですが……」

少しでも離れようと、政尚は小さく身じろいだ。

障子の向こうから、やすの声がかかる。

「失礼いたします」

いきなりやって来た康治のために、白湯を用意してくれたのだ。

腰を抱かれているのを見られたくなくて、政尚は康治の手をはずそうとした。しかし、康治はしっかりと政尚を摑んで、放さない。

障子を開けて一礼したやすは、顔を上げて一瞬驚いた表情を見せた。すぐに驚きの色は消したが、ちらちらと二人の様子を窺う気配を感じる。

政尚はますます落ち着かない気分になる。

康治はまったく気にならないようだった。

「ああ、すまぬ。気を使わせたな」

鷹揚《おうよう》に答えて、白湯を受け取っている。そのため腰から手は離れたが、近しい距離はまったく変わっていない。

一口、口に含み、康治は政尚の手を取った。

「部屋にこもってばかりでは気も晴れぬだろう。城内の庭でも歩かぬか？」

「いえ、私は……。みだりに出歩けば、はばかりもありましょう」

遠慮するが、康治は聞かない。政尚の両手を取り、立ち上がらせてしまう。

「私が一緒なのだ。誰が文句を言うものか。さあさあ」

と、政尚の手を引く。


やすが慌てて、下男になっている赤垣を呼び、二人の草履《ぞうり》を用意させた。

謹慎《きんしん》と同様のつもりで室内にこもっていた政尚に、日差しが眩《まぶ》しく目に映る。だが、同時にそれは、暖かさも政尚に感じさせた。

「……暖かい」

「そうだろう？　今日はよい天気だ」

逃げさせまいとでも思っているのか、康治はしっかりと政尚の手を摑んだままだ。

いいかげん子供ではないのだからと、手を繋いで庭を散策するのを気恥ずかしく感じながら、本当に十年前に戻ったかのように楽しげな康治に、政尚はつい口元を綻ばせずにはいられなかった。


庭園を一回りしたところで一旦康治は去っていったが、夕餉の刻限になるとまた政尚を呼ぶ。

「酒は飲めるか？」

康治の問いかけに、政尚は「はい」と小さく頷いた。

「あまり強くはありませんが」

と続けると、康治が「そうか」と答える。

「では、少々にしておこう。さ」

政尚の杯《さかずき》に酒を注ぐ。濁りのある酒をほんの少しだけ注《そそ》いでくれた。

「いただきます」

形だけ口をつけ、今度は政尚が康治の杯に酒を注ぐ。

「うん。――美味い」

注がれた酒を飲み干した康治は、上機嫌だ。あとは手酌で、自分の杯に酒を注《つ》いでいく。

もう一杯、酒を飲み干して、康治は口を開いた。

「馬には乗れるか、松寿」

「……はい」

答えてから、政尚ははっとして、康治を仰ぎ見た。

「承和に、お戻りになられるのですか？」

「いや、いま少し退紅にいる。まだ、忠政殿の動きを見定《みさだ》めねばならぬしな。だが、承和に戻る折には、おまえも連れて行くつもりだ。もしも馬に乗れぬようであれば、今から覚えてもらわねばならんと思ってな」

焼いた川魚を箸《はし》で解《ほぐ》しながら、康治が言う。

政尚はそっと視線を床に落とした。康治は承和まで、政尚をともに連れて行くつもりなのだ。

兄のために、それは政尚も望むところだった。

「馬を走らせるというわけではないのでしょう？歩かせるだけならば、大丈夫です」

政尚は微笑んで、康治を見返した。

「案ずるな。危険な目には遭わせぬ。――もう二度とな」

低められた声には聞き覚えがある。最初に、広間で再会した時に聞いたのと同じ声だった。

あの時も、康治は言っていた。

――あのようなことは、二度とない。

思わず、康治をまじまじと見つめる。

じっと見つめてくる政尚に、康治はいつものからりとした笑みを見せた。

「ああ、酒が苦手ならば、飯がほしいな。――誰ぞ、松寿に飯を持ってまいれ！」

声を上げてから、再び政尚に向き直る。

「ほら、ちゃんと魚を食え。精がつくぞ。食べにくければ、私が骨を取ってやろうか」

幼い頃、骨を取るのが下手だった政尚をからかってくる。

「自分で取れます！」

今にも手を出しかねない康治に言い返し、政尚はまだ手をつけていなかった焼き魚に箸をつけた。

康治はくすくす笑っている。

「あの頃は、うまく取れないと癇癪《かんしゃく》を起こしていたのになぁ。大きくなったな、松寿」

「大きくなったなど と……。私はもうとっくに元服を済ましております。もう十歳の子供ではありません。政尚とお呼びください」

憮然《ぶぜん》として、政尚は眉をひそめて異を唱える。

「政尚か……。寂《さび》しいな」

呟きに視線を向けると、笑みの形になっている目尻に、ほんの少し悲しげな色が透けて見える。

政尚は胸がずきりとするのを感じた。

時々、康治には胸をつかれることがある。

なぜ、康治が政尚を客人扱いしているのか。なぜ、幼い頃の慕《した》わしさを求めてくるのか。政尚を戸惑わせた。

それに、とふと気づく。こんなに政尚を松寿と呼んで側に置きたがるのなら、なぜ――。

「……文ひとつ、くださらなかったのに」

気づかぬうちに、呟きが洩れていた。別れてしまった十年の最初の頃、政尚は何度か康治――藤次郎に文を送っていた。その文に返事をくれなかったのは、藤次郎ではないか。

もしや、今になって政尚を松寿と呼んで側に置くのは、兄忠政に対するなんらかの計略であろうか。

疑念に、眉宇が曇る。

康治が箸を置く音が聞こえた。

「文ならば送っていたぞ」

「……え？」

静かに返された言葉に、政尚は目を見開き、康治を見返した。

さっきまでのからかいの色を消した康治が、じっと政尚を見つめている。

「送っていた……？　まさか」

「本当だ。何度送っても、おまえからの返書は届かなかった。だから、ずっとおまえはどうしているのだろうと、案じていた」

「そんな……ですが……」

政尚は戸惑い、視線を揺らした。康治が文を送ってくれていたとは、本当だろうか。

「……私も……文を送っておりました。でも、返事はなく……」

「おまえも送ってくれていたのか！」

康治が腰を上げる。膝でにじり寄り、政尚の手を康治が取った。

「私に、おまえも文を送ってくれていたのだな」

「はい。……でも、どうし……あっ」

いきなり、康治が政尚を抱き竦《すく》めてくる。

政尚は驚いた。康治はなにをしているのだろう。

「や、康治様……？」

「よかった。おまえも私に文を送ってくれていたとは！　離れてからも、想っているのは私だけではないかと案じていた」

熱い息遣いが、耳にかかる。なにがそんなに康治を興奮させているのか、政尚にはわからなかった。

文のことは理由がわからなかったが、互いに相手に文を送ろうとしていたことが本当なら喜ばしいことだ。しかし、ここまで激しく感情を昂《たかぶ》らせるようなことではあるまい。

しかも、康治の腕は強く、政尚を抱きしめている。

「や、康治様……もう少し腕をゆるめてくださりませ。く、苦しい……」

「あっ、すまぬ！」

訴えると、慌てた様子で、康治が政尚を抱きしめる腕を解く。だが、まだ両肩に手を置き、政尚の顔を覗き込んできた。

「大丈夫か、松寿」

「……政尚です、康治様」

政尚は視線を落としたまま、そう返す。心臓が痛いほどに鳴っていた。

けじめを守らなければ、ただそう思った。

だが、康治は頷かない。

「松寿がよい。……藤次郎とはもう呼んでくれぬのか、松寿」

「いけません。もう……あの頃と同じではないのです」

政尚は顔を背《そむ》けた。これ以上康治の側にいるのは危ない。故もなくそう思った。

康治は手を放そうとしない。

「藤次郎と呼んでくれ。頼む、松寿」

「いいえ。私はもう松寿ではありませんし、あなた様も藤次郎ではありません。康治様です。……お放しください」

肩を摑む腕を押しやろうとする。

その手を逆に摑まれた。

「ほんの一時《いっとき》だけでも、ただの松寿と藤次郎には戻れぬか？　退紅は……いや、高津家は私が終わらせる。おまえは高津政尚ではなくただの松寿となって、私の側に……」

「なにを……言っているのですか……」

かりに康治の言うとおり、兄が退紅を取り戻せず、高津家が滅びるとしても、政尚がただの松寿に戻れるわけがない。命尽きるまで、政尚は高津家の男だった。

ただの松寿になどなれない。

「お放しください。私は高津政尚、あなたの敵です」

政尚は康治をじっと見上げた。睨むではなく、変えようもない事実を静かに告げる。

高津政尚以外の何者にも、自分はなれなかった。

康治の顔が一瞬歪む。政尚を掴んでいた掌が震えながら、離れた。

そっと、政尚の頬を康治の掌が包むように触れる。

「敵……いいや、違う。おまえは私の敵にはなれぬ。その手に太刀《たち》が持てるか？　その身が戦場《いくさば》に立てるか？」

「私が武士《おとこ》ではないと、康治様は仰せになるのですか。私は退紅の国主、高津家の男です。たとえ太刀を持てずとも、戦場に立てずとも、戦う方法はいくらでもあります。馬鹿にしないでいただきたい」

声が、怒りに震えた。十年前のあの負傷で、政尚は身体を壊し、以来、頑健な身体とはいえなくなった。季節の変わり目には風邪を引かない年はなく、少し無理をすれば熱を出す。

だが、守られるべき幼子ではなく、一人前の男だ。ただの松寿となって、敵将に侍《はべ》ることなどできない。

いやそもそも、康治はなにをしたいのだ。政尚を側に置いて、どうしたい。

「松寿、私は……」

政尚の頬を包んでいた掌が離れ、拳に変わる。心中の苦悩を表すように、康治の顔が歪んでいた。

「私をどうなさりたいのです。側に置いて、昔を懐かしみたいのですか?」

高津政尚に茶坊主にでもなれと言っているのか。

「私は……」

康治が顔を背ける。はきとは答えない康治に、政尚の苛立ちは募った。まるで政尚のほうが悪いことをしているように思える。思っていることをはきと言わないのは、康治のほうではないか。

いや――いや、違う。血が上りかけた自分に、政尚はすんでで待ったをかけた。

康治を罵《ののし》るために、羽黒城内に残ったのではない。自分は、少しでも兄のために承和の内情を知ろうと残ったのではないか。

怒りに任せて、すべてを水の泡にするわけにはいかない。

落ち着かなくては。

政尚は深く息を吸い、吐いた。ぎこちなく眼差しを落とし、呟く。

「……康治様によくしていただけばいただくほど、不安になるのです。私は高津家の人間ですのになぜ、と。――どうか客ではなく、囚人《めしうど》として扱ってくださいませ。お願い申し上げます」

そっと、康治の手をどけ、深く平伏する。

そのまま頭を上げず、政尚は床を見つめていた。

しばらくして、康治の深いため息が吐き出される。

「松寿……いや、政尚。おまえを馬鹿にしているつもりはない。ただ……私はおまえが戦場に立てないことを……喜んでいる。敵であれば、いずれ討たねばならない。だが、戦えぬ者であれば討つ必要はない。おまえを……討ちたくないのだ」

康治の言葉には、康治の深い真情が感じられる。

政尚は平伏したまま、言葉を返すことができなかった。討ちたくないと、搾《しぼ》り出された声には、切ないほどの胸苦しさが込められていた。

ほんの一年あまり、親しく過ごした幼少時を、康

治はここまで大切に思ってくれているのか。

その真《まこと》の思いを利用する自分は、汚い。

政尚は束《つか》の間、きつく目を瞑《つむ》った。真に真を返せない自分は、康治の真情の深さに値しない。

それでも、政尚は松寿の頃には戻れなかった。今の自分は松寿ではなく、高津政尚だ。政尚には務めがあった。

「――ありがたいお言葉、感謝の念にたえません。なれど、私が高津忠政の弟であることは変わりません。どうぞ、そのことをお忘れなきようお願い申し上げます」

念を押すのは誠意ではない。自分を警戒しろと言えば言うほど、康治が自分を手放さないだろうと感じたからだ。

――討ちたくない……。

その気持ちを、利用させてもらう。

平伏したままの政尚の手に、温もりが触れる。康治の手だった。その手は遠慮がちに政尚に触れ、そっと握ってきた。

「忘れてほしいと言ったら、おまえは怒るだろうな。――さっきの文の件、おそらく忠政殿が邪魔をしたのだ。だから、私はおまえの兄は好かぬ」

「……え？」

心を鎧で固めようとしていた政尚の眼差しが一点で止まった。

――兄が……文の邪魔をした？

なぜ……。いや、そんな馬鹿な。

せっかく落ち着き始めた頭が、再び混乱しだす。

十年前、康治からの文は一通も届かなかった。また、康治が言ったことが正しければ、政尚が送った文も届かなかったという。

しかし、今でこそ承和と退紅は敵対しているが、十年前はまだ盟約を結んでいた。特に、政尚が退紅に戻った直後は、父が破った盟約を兄が結び直したばかりの頃だ。

政尚と康治の文の遣り取りを邪魔する理由などない。ましてや、ともに元服前の子供の遣り取りなのだ。

それを兄が邪魔するなど、ありえない。

また一方、誰かが邪魔をしなければ、どちらの文も一通も届かないなどありえなかった。

誰が……。いや、兄が邪魔したという康治の言が正しいのか。

背中にじわりと汗が滲み出す。

兄弟たちを次々と殺していった兄。己が息子でさえ容赦せず、唯一残った虎寿よりも政尚こそ嫡子と言い切った兄の姿が、政尚の脳裏に蘇《よみがえ》る。

いやしかし、単に政尚に跡目を相続させたいというだけならば、康治からの文を止める必要などない。

政尚が康治に出した文も――。

跡目のことではない。


別れ際、まるで政尚の生母しず本人を見つめるかのように、狂おしく政尚を見つめる兄の目が、急に思い出される。

――あれは……。

政尚の眼差しが不安げに揺れだす。なにを自分は気にかけようとしているのだ。

思い浮かびそうになった思念を、政尚は馬鹿馬鹿しいと打ち消した。

「政尚、顔を上げてくれ。もう無理強いはせぬから」

そっと肩を摑まれる。政尚の顔色を窺いながら、康治が政尚の顔を上げさせた。

大丈夫だと微笑まなければ。

そう思うのだが、強張《こわば》ったまま取り繕《つくろ》うことができない。

「兄が……まことに……？」

「私はそう思っている。初めて会うた時から、虫の好かぬ男であった」

申し訳ないと目で謝《あやま》りながら、康治が言う。

初めてとは、十年前のことだろう。あらためて盟約を結び直すために、忠政が承和に行ったことがあった。その時は、まだ政尚の傷も癒《い》えておらず、政尚もまた承和にいた。傷が癒えてから、退紅に戻ったのだ。

だが、あの時、兄と康治が会っていたというのなら、康治はまだ元服前の少年ではないか。

「虫が好かぬ、ですか……」

政尚は呟いた。康治が苦笑する。

「きっと、忠政殿にはわかったのだろうな。私が……」

と、言いかけた言葉が途中で止まった。騒がしい気配が聞こえ、障子の向こうから声がかけられたのだ。

「——殿、よろしゅうございますか」

政尚の世話も任されている側近、梶川だった。なにか緊張している気配がする。

「……なんだ」

ため息をひとつつき、康治が視線を障子に向ける。

「失礼いたします」

梶川が障子を開けた。平伏し、それから顔を上げて、政尚をちらりと見やる。

自分がいては都合が悪いのだろうと察し、政尚は席を立とうとした。

それを康治が制止する。

「かまわぬ。申せ」

主君の命に、梶川は再び平伏する。

「はっ。——高津忠政が一子、虎寿を捕らえたとの知らせが届きました。明日、夕刻には羽黒城に連れてまいるとのことにございます」

政尚は息を呑んだ。

——虎寿が……捕らえられた。

小刻みに手が震えだす。康治が答える声が、どこかぼやけて聞こえてくる。

「――そうか、あいわかった。明日早朝、評議いたす。皆にそう申し伝えよ」

気がつくと、康治の手が政尚の肩に添えられていた。

掌の温かさ――。もしや、康治は虎寿を助命してくれるのか。

「承知仕りました」

梶川が答え、再び障子が閉められる。

「――さあ、腹に飯を入れよう。ん？　そういえば、頼んだ飯がまだ来ておらぬな。まったく、なにをしておるのだ」

ぼやき、康治が侍女を呼ぼうとする。

政尚はそれを止めた。すっかり食欲は失《う》せていた。

「いえ、けっこうです。飯はいりませぬ」

康治が政尚を振り向く。顔色の悪さを認めて、小さくため息を吐き出した。

「では、酒を飲め。多少は気分がよくなる。気分がよくなれば、腹に食い物を入れる気にもなるだろう、さ」

少しばかり強引に、政尚に杯を持たせる。酒を注ぐ前に、まだ残っていた酒を飲むよう強いられる。

苦い顔をして飲み干すと、なみなみと酒を注がれた。

「飲むんだ、政尚」

「……そのような気分ではありません。虎寿をどうするおつもりですか」

「飲め。そして、飯を食え」

「康治様！」

政尚は杯を置き、康治に虎寿の助命を請《こ》おうとした。

だが、開こうとした口は、康治の厳しい眼差しに言葉を失う。

「――訊くな、政尚。さあ、腹に食い物を入れるのだ。身体をいとえ。おまえは人の何倍も、身体を大事にせねばならん。酒が不味《まず》いのなら、湯漬けを用意させようか？　汁をかけたほうがよいのならそうする。とにかく食べてくれ」

そう言って、康治は政尚から眼を背けた。答えられぬと、背けた顔が言っていた。

「……では、湯漬けを」

答えられるわけがない。

鎌倉《かまくら》の昔から、敗れた武将の子の運命は決まっている。

虎寿は殺されるのだ。

室内に沈黙が落ちた。


無理にと食した腹が重い。気分も悪かった。

康治との夕餉から居室に戻った政尚は、暗い顔をして畳の縁《ふち》を睨んでいた。

虎寿は殺されてしまう。虎寿が死ねば、兄には男子は一人もいなくなってしまう。

なんとか助けられぬものか。

政尚は一心に思案した。

虎寿は十二歳。元服も近い年齢だ。だからこそ、赦される余地は少ない。

平家物語にも書かれている。

父、源　義朝《みなもとのよしとも》が平治《へいじ》の乱で敗れた折、息子の頼朝《よりとも》はかぞえで十四歳。敵将 平　清盛《たいらのきよもり》の継母の助命により命長らえたが、成長して平氏一門を討ち滅ぼす。栄華を誇った平家を、助命された源頼朝、義経《よしつね》兄弟が滅ぼしたのだ、と。

自分自身の例があるからこそ、頼朝はのちに己に背いた義経の子を殺した。身ごもっていた愛妾《あいしょう》 静《しずか》御前を捕らえ、生まれた子が男子であるのを確認して殺したのだ。生まれたばかりの乳飲み子を。

以来、武家の男子は赤子であろうとも殺されるのが習いだった。

いくら繊弱で戦の場に立てないとはいえ、客人として遇されている政尚のほうがおかしいのだ。

なんとか虎寿を助ける道はないものか。

畳に手をつき、拳を握る。

「――よろしゅうございますか、政尚様」

障子の外から、やすの声が聞こえた。

「なんだ?」

そっと障子を開けたやすが、目顔で政尚を招く。

政尚は廊下の縁まで近づいた。

障子の隙間から、赤垣が控えているのが見える。

「赤垣、虎寿のことは聞いたか」

辺りを見回してから、政尚は赤垣にひそかに問いかける。階の下で膝をついた赤垣は、短く頷いた。

「聞き及んでおります。明日の夕方にはこの城にお着きになるとか」

「虎寿は……殺されるな」

「はい」

赤垣が答え、やすも沈黙する。

「なんとか助ける手立ては……」

「ございません」

政尚が搾り出した言葉を、赤垣が無情に遮る。武家の習いを今更覆《くつがえ》せるものではないと、赤垣の口調が語っていた。

政尚も黙り込むしかない。高津家としては、まだ兄忠政が残っている。兄か虎寿か、いずれかが残っていれば家を再興することは可能なのだ。忠政はまだ四十五歳、子供を作ることは十分可能だった。

無事に朱華に逃げ延びた忠政にしてみれば、虎寿を助命するために政尚が下手に動くほうがまずかった。承和の情勢を知るために、政尚は康治の側にいなくてはならない。

「……駄目か」

無念の思いで、政尚は呻いた。答えを期待しない呻きだった。

だが、赤垣が低く口を開く。

「――結城様にお願いしてみますか？」

ひそりとした囁きだった。

政尚は赤垣を見つめる。どういうつもりでそんなことを口にしたのか、赤垣の表情から探ろうとする。しかし、赤垣の顔に表情はなく、内心の考えはなにひとつ垣間見えなかった。

「願ったところで聞いてはくれまい」

そろりと答えてみる。それにどう応じるのか、政尚は赤垣を見つめた。

「そうとは言い切れませぬ」

そう言って、赤垣は口を閉ざすと、意味ありげにやすに視線を送る。やすははっとしたように小さく口を開け、気まずそうに眼差しを伏せた。

「やす、なにか思い当たる節があるのか」

政尚はやすに問いかける。やすは迷うように廊下の板敷きを見つめ、手をついた。

「申し訳ございません。わたくしにはとても……」

「やす殿もそれがしと同じく、気づいておろう。殿の御為には手段を選んではおられぬ」

赤垣がぴしりとやすを鞭打《むちう》つように言う。

「ですが、それはあまりにも……」

躊躇《ためら》うやすを睨み、赤垣がまっすぐに政尚を見上げた。

「政尚様、結城様にお頼み申し上げてみることです。政尚様の頼みであれば、結城様もあるいはお聞き入れくださるやもしれません」

いやにきっぱりと、赤垣が言う。苦い顔で、政尚は首を振った。

「いや、この件に関しては別だ。康治殿は話も聞いてくれぬだろう」

夕餉の席でも、話は聞かぬと突っぱねられた。

しかし、沈痛《ちんつう》な面持ちの政尚に、赤垣が重ねて口を開く。

「聞いてくれまする。夜に、お頼みなされませ」

「夜？」

政尚は眉をひそめる。赤垣がなにを言いたいのか、いまひとつ意味が摑めなかった。

やすはじっと床を見つめている。

「夜でございます」

赤垣は政尚から目を逸《そ》らさず、口を開く。

「御寝所に参られませ」

「寝所に？　なにを……」

戸惑う政尚に、赤垣がずいと膝を進める。階のすぐ側まで進み、声を潜めた。

「結城様に肌をお許しなされませ」

「肌……？　なっ……赤垣、なにを申す！」

一瞬遅れて意味を理解し、政尚は頬を紅潮《こうちょう》させた。肌を許すとはつまり、康治の寝所に侍れということだ。側妻のように――。

「無礼であろう。康治殿はそのようなつもりで私を側に置いてくれているのではない。邪推《じゃすい》をいたすな！」

「邪推ではございません。――やす殿も存じております。いえ、やす殿とそれがしだけではございません。結城様のご家中も、主《あるじ》の意を承知しております。知らぬは、政尚様だけです」

怒りの声を上げる政尚に、赤垣が冷静に言い返す。やすに視線を移すと、やすはいたたまれない様子で俯いていた。月明かりに、項《うなじ》がうっすらと赤く染まっているのが見える。

「馬鹿な……」

政尚は呆然と呟いた。康治がそんな不埒《ふらち》なことを考えているはずがない。幼い頃の思い出のために、政尚を手厚く遇してくれているだけだ。

しかし、赤垣はさらに身を乗り出し、政尚に囁く。

「ただの客人の手をあのように握りますか？　いくら政尚様が蒲柳《ほりゅう》の質《しつ》とはいえ、散策するのにあのように腰を抱かれますか？　やすの話では、抱き合うほどに身体を寄せられている折もあるというではありませんか。男が男にそのような振る舞いに及ぶのは、ただの慕わしい気持ちからではありません。結城様は、政尚様を格別に思し召しておいでなのです。その身も心も、我が物になさりたいと」

「黙れ！　そのような戯言《ざれごと》……」

身の内がぞくりとした。肩に触れる手、いやに身を寄せてくる熱、耳に触れる吐息、すべてを生々しく思い出してしまう。

康治が政尚を我が物にしたいなどと、信じたくなかった。

しかし、政尚の不興も無視して、赤垣が囁く。

「戯言ではございません。結城様のご家中も、皆知っていることです。結城様が政尚様を生かしておかれるのは、長い間の恋心を成就《じょうじゅ》させるためだ、と」

「恋……。康治様が私に恋していると言うのか。馬鹿な」

政尚は震える腕を抱きしめた。身体の芯から怯《おび》えが走る。しかし、そこには甘さも含まれ、その甘さを政尚の無意識は恐れた。

「恋だとお気づきになられませんでしたか、政尚様。結城様は政尚様に、物狂いに狂うているのです。そのため、御正室はおろか、御側室すらお側には置かれません。——結城様のご家中も、政尚様が一刻も早く結城様のご寵愛《ちょうあい》をお受けになることを望んでおります」

「……私は小姓ではない。そんな年齢でもない」

武将が側に仕える小姓を寵愛する話は、政尚も知らないわけではない。父にも幾人かの小姓がいたし、兄にも寝所に呼ぶ小姓たちがいた。

だがそれは、あくまで元服前の少年の話だ。元服をし、大人になれば、主の寵愛を得ることはなくなる。

政尚は元服をとうの昔に過ぎた、二十歳の男子だった。それが小姓のように寝所に侍るなど考えられない。

「であるからこそ、結城様のご家中も、政尚様が早く寵愛を得られることを望んでいるのです」

赤垣がじれったげに説明しようとする。

政尚は怪訝な顔で、赤垣を見下ろした。家中の者までが望む康治の寵愛とは、いったいどういうことなのか。

赤垣が口早に続けた。

「結城様のご家中でも、主が側室すら近づけようとしないことを憂《うれ》いています。女子を近づけなければ、お世継ぎも生まれません。ですから、この際一刻も早く政尚様をお手にされ、早々に飽きてしまわれることを望んでいるのです。手に入れられぬからこそ、いっそう思いが募られるのだろう、と。ですが、それがこちらには狙い目です。いずれ政尚様に飽きることがあろうとも、今は、結城様は政尚様しか望んではおられません。積年の想いが果たせるとなれば、政尚様の望みをなんでもお聞き届けくださる気にもなりましょう」

そこで一旦、赤垣は口を閉ざした。

政尚は否定することも忘れ、赤垣を——赤垣の先の暗い庭園を見つめていた。

康治の想い——。

いやに政尚に触れてくる手、腰を抱いてきた腕、身を寄せてくる動き。

赤垣の言うことを否定できるだろうか。

もし、康治が……。

凍りついたように動かない政尚に、赤垣が再び囁いた。

「結城様にお肌をお許しなされませ。政尚様には、いまだ初々《ういうい》しいところがおありになる。それは、擦れた小姓たちなどよりよほど、結城様のお心を捉ええるでしょう。ご家中の方が望まれるように、肌を許したからといって早々にお飽きになるとは思われませぬ。――高津家の、御為にございまする」

最後の一押しに、赤垣が声に力を込める。

政尚の肩がびくりと震えた。

「高津家の……」

「はい。姫君が、側室として敵将に侍るのと同じことでございまする。敵を油断させ、お家のためにできることをなさるのです、政尚様」

そこまで言うと、赤垣は口を閉ざした。

やすは黙り込んでいる。

虫の音だけが聞こえていた。

この身体を、康治は本当に求めているのか。小姓とはいえない柔らかさの欠《か》けた身体、いとけないとはいえない面差しでも、康治の望みに応《こた》えられるのか。

無意識に腕を摑むと、ぶるりと腕が震えた。

赤垣が偽りを言うとは思えなかった。赤垣の忠誠は高津家に捧げられている。やすも同様だった。

その二人が、二人ながらにそう言うのならば、康治は真実、政尚に懸想《けそう》しているのかもしれない。

そして、結城家の家中も主の懸想を認めている。ならば、政尚が康治の寝所に侍るのを、誰一人止めないだろう。止めないどころか、積極的に勧めるやもしれぬ。

政尚は一度《ひとたび》目を閉じたあと、静かに目蓋《まぶた》を開いた。

長い長い沈黙のあと、口を開く。

自分は高津家再興のために、ここに残ったのだ。

「――康治様に、肌を許す。赤垣、夜の作法を教えてくれるか」

話には聞いていても、具体的になにをするのかまでは、政尚は知らない。康治の寝所に侍るのなら、康治を悦《よろこ》ばせねば意味がない。

政尚の問いに、赤垣は短く首を振った。

「結城様にお教えいただくのがよろしいかと存じます。なにも知らぬのが、この場合、一番の作法かと」

「康治に……教えてもらう……」

ぞわりと肌が粟立《あわだ》つ。繊弱な身体は、まだ女子も知らない。女子より先に、男子と肌を合わせるのか。いや、小姓ならば誰もが、女子より先に主の肌を知る。それと同じことだ。

覚悟を定めたのなら、早いほうがよかった。明日の夕方には、虎寿が城に連れられてくる。

政尚はすっくと立ち上がった。

「やす、康治様にお会いしたいと……いや、じかに行ったほうがよいか。康治様の寝所がどこか知っておるか？」

「……はい、存じております」

やすが沈鬱《ちんうつ》な声で答える。しかし、政尚を先導するために、立ち上がった。

「――ご首尾をお祈り申し上げます」

赤垣が深く頭を下げる。政尚は赤垣を見ず、前に立つやすの背中を真っ直ぐに見つめていた。

「高津家のためだ」

短くそう答えた。

四．


康治は夜着に着替えていた。

寝付かれず、寝所の障子を開けて、月を見上げている。

——馬鹿にしないでいただきたい。

怒りと、そのあとの静寂。

政尚が怒りをこらえるのは、兄忠政のためだ。間者となるために城に残ったのだから、康治に気に入られようとするのも、また当然だった。

「高津忠政、か……」

敵である男の名を、康治は口に乗せた。ただ盟約の有り無しで敵になっているのではない。忠政は、十年前の初対面の折から、康治には敵だとわかっていた。

まだ十二歳だった康治を、あの男は冷たい眼差しで見つめてきた。

あの頃は、なぜそんな目で見られなくてはならないのかわからなかったが、政尚が承和から退紅に帰ったのち、わかった。

忠政は、康治自身もまだ気づいていなかった想いに、あの時敏感に気づいたのだ。

だから、康治を威嚇《いかく》してきた。

政尚——いや、松寿に懸想するな、と。

そして、康治が送ったもののみならず、政尚が送ってくれた文まで邪魔して、幼い子供同士の遣り取りを遮った。

当時、承和と退紅は盟約を結んでいたから、忠政のやり方は尋常とはいえない。承和と退紅の国主一族の人間同士が個人的に交流を結ぶことは、退紅の国としてのあり方を考えた時、悪いことではなかった。

大国に挟まれた小国の常として、退紅は承和にも朱華にも繋がりを持たなくてはならない。その繋がりを持つ役を幼い少年たちが果たすのは、退紅にとって必要なことだ。少年は、いずれ大人になる。そうなれば、互いに国内《くにうち》での影響力も上がる。

万が一、退紅と承和が敵となることがあっても、康治と政尚を通じて、退紅は逃げ道を確保することができる。

それなのに、忠政は弟と康治の交流を遮った。

なぜ――という理由の切れ端を、康治は知っている。

退紅でも一部の者しか知らない、古い恋の話だ。純粋であったからこそむごいその話の、どこまでが真実であるのか。

政尚は先の国主政辰の子か、それとも、忠政の子か。

生母しずに似ていると言われる政尚の顔からは、どちらが父であるとも断じがたかった。

――美しくなった……。

ふと、康治は眼差しを落とした。少年の頃の松寿は小姓にするのが似合いの可愛らしさだったが、今の松寿は可愛らしいというより、美しい。

すっきりとした切れ長の眼差しに見つめられると、少年のように胸が高鳴る。形のよい唇には、己の唇で触れたくなる。

急《せ》いてはいけない、そう思うのに、焦《こ》がれ続けてようやく再会できた想い人に、康治は己の心を抑えがたかった。

松寿への想いを断とうと、無理に女人を近づけたり、あるいは小姓を抱いたりしたこともある。

だが、そのいずれも、康治の荒れた心を鎮《しず》められなかった。どんな美しい女でも、愛らしい小姓でも駄目だった。

康治が欲しいのは松寿だけだ。松寿が手に入らなくては、己の荒ぶる心は鎮められない。

思いが募りすぎて、松寿を実際よりも麗《うるわ》しく記憶してしまったのではないだろうか。そう思った時もある。

しかし、十年ぶりに再会できた松寿は——。

「……どうかしているな、私は」

この執着をなんと呼んだらいいのだろうか。恋情というよりももっと強く、松寿が欲しい。

康治は苦笑し、額を押さえた。

康治の政尚への想いとは裏腹に、政尚は康治をさほどには思っていない。政尚が康治の元に残っているのは、ただ兄のため、高津家のためだ。

だから、怒りさえも抑えて、康治に頭を下げてみせる。それが、いかにも虚《むな》しかった。

「……わが嘆《なげ》きをば、我のみぞ知る、か」

再び月を見上げ、康治は呟いた。

だが、その呟きに答える声があった。

「紀貫之《きのつらゆき》ですか。苦しい片思いでもなさっているのですか?」

男にしては柔らかい、やや沈んだ声だった。

声のするほうを振り向くと、政尚がぽつりと立っている。

「松寿——いや、政尚、どうしたのだ」

想い人の姿を目にし、康治は柄にもなく動揺した。ちょうど、政尚を想って和歌を口ずさんでいたためだろうか。

政尚はわずかに笑みを見せ、康治の側に来た。少し、つらそうな顔をしている。

——人知れぬ　思いのみこそ　わびしけれ　わが嘆きをば　我のみぞ知る

康治が口ずさんでいたのは、叶うことのない片恋を嘆く歌だ。

「やすに案内《あない》させました」

康治の側まで来ると、政尚は渡殿に座って、康治を見上げる。

つられるように、康治も胡坐《あぐら》をかいた。

「そうか。やすは？」

案内してきたというやすの姿が見えない。

「帰しました」

言葉少なに、政尚が言う。

「そうか」

康治も短く答える。どう話をしたらよいのか、しばし迷った。

政尚はなにをしに来たのか——いや、虎寿の助命に来たに決まっている。

康治の頬に苦い笑みが浮かぶ。神妙《しんみょう》な顔をした政尚も、どう話を始めたらよいのか迷っている様子だった。

「……人知れぬ、思いのみこそ、わびしけれ」

呟き、政尚が思い定めたようにそろそろと眼差しを上げる。

その眼差しに、ああ、そうか、と康治は悟《さと》った。

康治は自分の想いを隠していない。隠そうとも思っていなかった。だから、仮に政尚が気づかずとも、側に仕える者は感づいているだろう。

だから、今夜政尚はここに来たのだ。

「わが嘆きをば、我のみぞ知る……。誰ぞに聞いたか、政尚」

もしかしたら今の自分は、寂しそうな目をしているのかもしれない。

政尚がはっと、なにかに打たれたかのように息を呑むのが見えた。

「いえ……あの……はい」

消え入るような声で、政尚が頷く。つくづく、間者には向いていない男だった。あまりに嘘がつけなさすぎる。

胸がずきりと痛んだ。

「私を哀れんだのか？　……いや、そうではないな」

自嘲が、康治の口元に浮かぶ。政尚は康治を哀れんですらいない。

政尚が来たのは……。

「虎寿の命乞いか」

「康治様！」

苦笑の交ざった康治の言葉に、政尚の顔色が青褪める。

次の瞬間、政尚は両手をつき、康治に平伏する。

「お願いでございます。どうか、虎寿の命を……！」

「訊くなと言っただろう。どうにもできぬ」

康治は静かに返した。退紅を滅ぼすと決めた時から、忠政もその子の虎寿も、死なせるしかない。もし、政尚が戦働きができるほどの身体をしていれば、政尚を生き残らせることも難しかった。

だが、康治にとって幸いなことに、政尚は太刀を振るうこともできぬほど、繊弱だ。だからこそ、生きて側に置いておける。

必死の面持ちで、政尚が顔を上げた。

「では、虎寿を僧侶《そうりょ》になさっては！　必ず出家させますゆえ、命ばかりはお許しください」

「長じて還俗《げんぞく》したらいかがする。十二歳ならば、国や一族を滅ぼされた恨みをしかと覚えているだろう」

しようのないことを言う子供に言い聞かせるように、康治はため息混じりに答えた。

おそらくこの程度のことは、政尚も知っているだろう。

この先、政尚が口にする条件を、康治は聞きたくなかった。

「——おまえが私に身を投げ出しても、虎寿は助けられない。言うなよ、政尚」

先手を打って、釘《くぎ》を刺す。

政尚の顔が見る見るうちに絶望に変わる。それを、康治はつらい思いで見返していた。

覚悟していたことだ。いずれ、朱華を我がものとするために退紅に攻め入る覚悟を定めた時、政尚から恨まれることは覚悟していた。

康治は承和の国主だ。承和を富み栄えさせることが、国主としての務めだった。

その国主として、救えるのは政尚だけだった。病がちで、退紅の武将として働いていなかった政尚だからこそ、救える。

そして、叶うことならば――。

康治は膝に乗せた手を握りしめた。右手の拳をそっとほどき、自分を見上げてくる政尚の頬に触れる。

政尚はじっと、康治を見つめていた。

「私はおまえが好きだ。惚《ほ》れている。だが、それと虎寿を助けるのとは、別の話だ。おまえが私に身を投げ出し、肌を許してきたとしても、おまえの望みは叶えられない。――さ、自分の寝間に戻れ。あまり風に当たっていては、また熱を出す」

そう言って、康治は政尚の頬から手を離した。掌に、政尚の温もりが残る。できることならば、もっとずっと触れていたかった。

だが、政尚はそれを許さないだろう。特に今は。

康治は立ち上がり、寝所に戻ろうとした。康治が寝所に入れば、政尚も引き返すだろう。

しかし、康治の背に、政尚が声を上げる。

「お待ちください！　ならばなんのために、私をお助けになるのです。惚れている――ただそれだけなのですか！」

障子に手をかけ、康治は足を止める。政略を第一とする自分の中で、政尚への気持ちだけは純粋なものだった。

それ以外の理由など、想像するのも汚《けが》らわしい。

「……私を、おまえに無理強いする男とでも思ったか」

「想うだけで……それでご満足なのですか。ではなぜ、必要以上に私に触れてくるのです。敵である私をお側に置くのですか。――私に触れたいと、お思いなのでしょう？　もっと……触れたいと」

「黙れ！　そのような汚らわしい言葉を口にするな！　部屋に戻れ」

康治は言下に吐き捨てる。触れたい、抱きしめたい、いやもっと……。

だが、そんな感情は認めてはいけない。

ああたしかに、自分は政尚を求めている。求めてはいるが、それは自然な結びつきでなくてはならなかった。

自分が政尚を好いているように、政尚にも自分を好いてほしかった。

しかし、承和と退紅がこうなった以上、政尚が康治を好いてくれることなどないとわかっている。

それならばただ、自分の側にいて少年の頃のようにいられれば、それでいいのだ。一緒に書を読むのでも、庭を散策するのでもよい。


時にそれで政尚に触れる機会があれば、それだけで康治はよかった。

兄が死に、父が死に、そして、思いがけなく自分が国主となり、康治はすべてを計略の目を通して見ることを覚えたが、政尚だけは別だった。政尚に対する想いだけは、あの頃のまま、純粋であった。

他の誰にも、これだけは踏み込むことを許さない。

それなのに、政尚が康治をそそのかす。

「欲しいのならば、触れてください。康治様のお好きなようになされませ。私は……」

「黙れ、聞きたくない！」

康治は一歩寝所に踏み込み、障子を閉めようとした。

その足に、ひんやりとした政尚の手が触れる。いや、縋ってきた。

「いいえ、いいえ、お待ちください。私を哀れに思し召しなら、好きだと仰せになるのなら……藤次郎

様！」

　ぴくり、と康治の足が止まった。

　――やっと……。

　胸に、苦いものが満ちる。藤次郎と、昔のようにあれほど呼んでほしかったのに、ようやく口にしてもらえたのは、一族の命乞いのためだった。

「藤次郎様、どうか……」

　ぎこちない仕草で、政尚が康治の腿《もも》に頬を押しつけてきた。いかにも物慣れぬ媚態《びたい》だった。

　康治は固く目を閉じた。背後から縋ってくる政尚の身体に、押し込めていた欲望が疼《うず》く。

　触れて、抱きしめて、抱いて、そして――。

　立ち尽くしたまま、康治は拳を握りしめた。

「――私は、虎寿を助けぬぞ。おまえの兄も、容赦せぬ。それでもまだ、私の情けを請いたいか」

「承知しております。助けてくれとはもう申しません」

　政尚の答えは落ち着いていた。本当に、助けてくれずともよいのか。

　康治は続けて問う。

「では、なんのために私に身を投げ出す。まさか、おまえも私に惚れていたとは言わないだろう」

　自分で口にした言葉に、胸が痛くなる。政尚は康治を好いてない。恋していない。

　恋しているのは、康治だけだった。

「肌を……」

　わずかに、政尚の声が震えた。だがすぐに、毅然《きぜん》としたものに戻る。

「肌を合わせれば、情も移ると聞きます」

　康治は自嘲した。

「先に身体を重ねれば、おまえもそのうち私を好きになると言うのか」

「いいえ」

　政尚が即座に答える。弱々しい、康治に媚《こ》びる声ではなかった。

「情が移るのは、藤次郎様のほうです。私をお抱きになれば、今よりもっと私に情が移りましょう。虎寿を救うことはできないでしょうが、まだ兄は助けることができる」

「私が!?」

驚愕《きょうがく》し、康治は思わず、政尚を振り返った。政尚はひざまずき、康治の足に手を触れたまま、康治を見上げた。

「そうです。抱けば、もっとあなたの情が私に移る。いずれはあなたは私が可哀想《かわいそう》になって、私のために兄をお助けくださるかもしれない」

「は……おまえ……はは、ふははは」

政尚が真剣に、康治を見つめている。康治が自分への情に負けると、本気で思っているのか。退紅とは比べ物にならない大国、承和の国主が、恋に心を奪われて、滅ぼすと決めた相手を許す、と。

美しい恋は、もうあの頃の少年の恋ではなかった。

康治も政尚も、もう子供ではない。

心と同様、身体も求める、大人であった。

康治は見上げてくる政尚の腕を摑んだ。

「反対の結果になるとは思わないのか？　情が移るのは私ではなく、おまえかもしれないぞ。私に心が移り、おまえは兄を見捨てるかもしれない」

「いいえ、そうはなりません。私は退紅の国主、高津家の人間です。退紅を奪ったあなたに、けして情など移さない」

試《ため》してみろと、政尚の目は康治に挑《いど》んでいた。どちらの情が移るのか、それを試してみるがいいと、挑戦している。

挑発する眼差しに、康治の心の堰《せき》が切れた。

「――ひどい男だ。私の恋心を利用するのだな」

腕を引き、康治は政尚を立ち上がらせた。頭半分ばかり低い政尚の頤を、康治は指で軽く上向かせる。

政尚は怯えもせず、康治を見つめていた。

「そうです。私は敗軍の人間で、あなたは勝利した側の将なのですから、どんな手段を使ってでも私があなたの慈悲《じひ》を請うのは当然です。——私をお抱きになるといい。そして、あなたは私に情を移されるのです。私のために、兄を哀れと思ってくださる」

「どうかな。おまえの兄は、私たちの文の遣り取りを邪魔した男だ。恋敵を、私が許すと思うのか」

「私を愛しく思ってくださるのなら」

微笑みも、甘い睦言もない。刀で切りあうようなやりとりだった。

康治は、低く笑った。美しい恋の名残りを、そっと抱きしめる。康治の腕の中に、政尚はおとなしく納まった。

「——愛しく思うのは、おまえのほうだ。私の積年の想いを受け取るがいい」

政尚を抱きしめたまま、片方の腕を伸ばし、障子を閉める。

薄暗くなった寝所で、康治の背に政尚の腕が回された。

「受け取りません、けして……」

囁くような声に、康治の胸が痛む。

——どうか私を好きになってほしい。

ただひとつの宝物だった想いが、腕の中のたしかな質感に取って代わる。

愛しいのは、政尚だけだった。


「ん……ふ……っ」

口を吸われるのは、初めての経験だった。口中を、康治の舌に舐《な》められる。

さらに舌に舌を絡《から》められて吸われ、政尚は息もできぬほど驚いていた。

接吻《せっぷん》とは、ただ口と口とをつけるだけのことではない。こんなに互いの舌と舌を絡ませあい、口中の柔らかい部分を舐め上げられることだとは想像もしていなかった。

「んっ……ん、ふ」

頬の内側の柔らかい粘膜《ねんまく》を、康治の舌が舐めていく。背筋がなぜかぞくりとした。

康治は角度を変えて、何度も政尚の唇を吸い上げ、貪《むさぼ》る。

いつの間にか直垂を脱がされ、袴《はかま》の紐《ひも》も解かれている。

わずかに唇が離れたかと思ったが、またすぐに唇を塞《ふさ》がれる。

「んぅ、っ……」

積年の想いをすべてぶつけるかのような、激しい口づけだった。

「は……ん、ぅ……ん」

どれほど唇を貪られていただろうか。

切なげな音とともに、康治の唇が離れる。

政尚はそれをぼんやりと見つめていた。

康治の唇が濡《ぬ》れている。それに気づいて、どきりとする。濡れた唾液《だえき》は、康治と政尚、二人のものだった。

「綺麗《きれい》な身体だな」

細めた目には、賞賛《しょうさん》の色が浮かんでいる。

政尚ははっとして、自らの身体を見下ろした。

――いつの間に……。

臍《ほぞ》を噛む。直垂に袴どころではない。帯紐も解かれ、肩から着物を落とせば、政尚はもう下帯しか身につけていない格好になっていた。

かっと頬が赤らむ。

はだけた着物の中に康治の手が入り、下帯をゆるめだす。

「康治様……！」

「藤次郎だ。さっきはそう呼んでくれただろう？

閨《ねや》の中では、高津政尚でも結城康治でもない。ただの松寿と藤次郎だ。松寿……好きだ」

「あ……」

はらり、と下帯が畳に落ちる。康治の手が、政尚の肩にかかった。

「待っ……て、まだ……」

康治はまだ寝衣のままだ。きっちりと寝衣を着込んだ康治に対して、半ば裸身を晒《さら》している政尚に激しい羞恥《しゅうち》が込み上げる。項から頬が、うっすらと赤く染まる。

はだけた着物をぎゅっと握り、顔を背ける政尚に、康治はふっと唇の端を上げた。

「わかった」

そう言って、衣擦《きぬず》れを響かせながら、自らの寝衣の帯を解く。

同じように、はだけた着物を羽織るだけの格好になってから、康治はそっと政尚の肩に手を置いてきた。

「こちらだ、松寿」

やさしく肩を押され、寝具に導かれる。

いよいよなのだ。

政尚はごくりと唾《つば》を飲み込んだ。

自分は康治に抱かれる。

——政尚のために、兄を哀れに思ってくださる。

そうしてみせると強気に言い放った政尚だったが、いよいよ康治に肌を許すのだと思うと、身の内が震えた。

うまくできるだろうか。もっともっと、政尚へと情を移してもらわなくてはならないのだから、なんとしても康治に悦んでもらわなくてはならない。

政尚がなにも知らぬのが一番の作法だと赤垣は言ったが、そんな状況ではなくなっていた。

康治を悦ばせなくては。

促されるままに、政尚は夜具に正座した。向かい合うように、康治が胡坐をかいている。その中心では、男の印が隆起《りゅうき》していた。

「……っ」

明らかな反応を目にして、政尚は息を呑んだ。自分のものとはまったく違う。大きさも、逞《たくま》しさも、まるでだ。

——ど、どうしたら……。

いけないと思っても、視線があちこちに揺れる。

そんな政尚の様子に、康治も気づいたようだった。

「どうした、松寿。やはり怖くなったか」

苦笑していた。

できるわけがないと思われているようで、政尚はかっとする。

「怖くなど……っ!」

負けるものかと、羽織っただけの着物を肩から落とした。そして、康治の着物も脱がせる。

康治は胡坐をかいたまま、政尚の好きなようにさせている。

しかし、ここからどうしたらよいのか。

政尚は戸惑った。

また接吻をすればよいのか。それとも、わざわざ裸になったのだから、裸の身体になにかするのだろうか。

眼差しがうろうろするばかりで、政尚はどうしたらよいのか動けない。

「松寿?」

やさしく囁かれ、頬を撫でられた。きっと、康治は知っているのだろう。男同士の閨の作法を、知っている。

観念し、政尚は深く息を吐き出した。

「……どうしたらいい」

「ん?」

訝しげに、康治が聞き返してくる。耳たぶがじわじわと熱くなるのを、政尚は感じた。

しかし、しかたがない。

「このあと……どうしたらいい。私は……」

これ以上口に出せず、政尚は顔を背ける。これでは、康治を悦ばせるどころではない。

失敗だ。

政尚は唇を噛んだ。恋心でもなんでも利用し、康治の情に訴えかけるつもりが、これではうまくいくわけがない。

もう駄目だ、と政尚は脱ぎ落とした着物を摑み、もう一度羽織ろうとした。

背を向けようとした肩を、康治が摑んでくる。

「待て、松寿」

「放せ。私が間違っていた。部屋に帰る！」

身の程知らずな勝負を挑んだ自分が、恥ずかしくてたまらない。情が移るどころの話ではなかった。

身をよじり、政尚は逃げようとした。

だが、その身体を康治が背後から抱き竦めてくる。

「待つんだ、松寿。暴れるな！」

「放せ！　もう……私は……！」

腕は熱く、力強かった。政尚を逃がすまいと、抱きしめている。

「いやだ、放せ！」

「松寿、おとなしくするんだ！　おまえまさか……なにもわからずにここに来たのか？」

耳朶《じだ》に唇が触れるように囁かれ、政尚はびくりと強張る。

政尚の反応に、康治がふっと笑うのが聞こえた。

馬鹿にされたのだ。

政尚は抱きしめる腕を振りほどき、なんとか部屋に逃げ帰ろうと思った。

だが、康治がそれを許さない。

「小姓でも抱いたことがないのか、松寿」

「そんなこと……するものか」

城に仕える小姓にそんなことをしようなど、思ったこともない。繊弱な身体のせいだろうか。そもそもの欲望が、政尚は薄かった。

吐き捨てるように答えると、なぜか康治が嬉しそうに笑うのがわかった。

続けて訊かれる。

「では、女を抱いたことは？」

かっと、政尚の耳朶が赤くなる。この年齢になるまで女子一人抱いたことがないというのは、口にしにくい。

政尚は口ごもったが、その反応で、康治にはわかったようだった。

「そうか。男も女も、おまえは知らないのだな」

そう言って、愛しげに頬に唇を押しつけてくる。

なにが嬉しいのか、政尚にはわからなかった。

なにも知らぬから、康治を悦ばせることができないのに……。

それどころか、抱きしめる腕がやさしくなり、さっきまでの嘲《あざけ》るような気配が消えていく。

正面を向くよう、康治にそっと身体の向きを変えられた。

政尚は唇を噛んで、康治から顔を背ける。そうしないと、康治の雄芯が目に入り、いたたまれなかった。

「男も女も知らぬくせに、抱けとは……本当に無謀《むぼう》な男だな」

康治が苦笑している。そうしながら、そろりと政尚を抱き寄せてきた。

政尚の膝が崩《くず》れ、康治に身を寄せるような形になる。その身体を、康治がしっかりと抱きしめていた。

「大丈夫だ。全部、私が教えてやる。心配するな」

「康……ぁ……んぅ」

頤を取られ、再び口づけられた。唇を割られ、また舌に口腔《こうこう》を舐められる。

「ん……ふ……」

舌を絡めとられ、鼻にかかった甘い吐息が洩れた。

身体の芯がじんとする。不思議な感覚に、抗議する腕がおとなしくなる。

気がつくと、政尚は夜具に横たえられていた。

「康治様……」

「違う。言っただろう?」

濡れた唇を、康治が指で辿《たど》る。

政尚はゆっくりと唇を開いた。そうだった。今の二人は、康治でも、政尚でもない。

「……藤次郎様」

「そうだ、松寿。私の愛しい松寿」

唇を塞がれる。政尚は目を閉じ、身体から力を抜いた。

やがて唇が離れる。だが、そのまま上体を起こすことなく、康治が政尚の頬に唇を滑《すべ》らせてきた。

頬から顎、喉仏、鎖骨――。

唇がゆっくりと、政尚の身体を伝い下りていく。

なにをされるのかわからぬまま、政尚は目を閉じ、横たわっていた。

と、胸がつきりと痛む。

「……あっ」

思わず声を上げ、政尚は目を開けた。視線を落とすと、胸に影が見えた。

「ぁ……そんな……っ」

胸に、康治の唇が触れているのだ。触れるだけではない。唇に含んで吸ったり、舐めたりしている。

もう片方には指で、康治が触れていた。

「な、なに……あ、ぁ、っ」

「大丈夫だ、松寿。気持ちよくしているだけだ。どうだ？　いいか?」

気持ちよく――。どういうことなのかわからない。

だが、胸の先を小刻みに吸われると、身体が勝手に跳《は》ねる。舐められると、下肢に覚えのある熱が集まるのを感じる。

「や……なに……あ、あっ」

きゅっと胸の先を指で摘《つま》まれ、下肢がひくりと跳ねた。

康治から、安堵したような笑みが零《こぼ》れる。

「ああ、いいんだな。よかった、松寿」

「なに……なにが……あ、あぁっ、触る、なっ！」

胸の先を摘んでいた手が下肢に滑り、あらぬところに触れてくる。いや、触れるのではない、握ってきたのだ。

じんとした甘い痺《しび》れが、下肢から広がってくる。信じられない甘さだった。

「やだ……っ、やめ……ろ、っ」

秘すべき部分を握られ、政尚は惑乱《わくらん》して首を振る。こんなにいやだと言っているのに、康治はさらにねっとりと胸の先を舐め、唇に含んだ。

「んん……ぅ、っ」

ちゅう、と吸い上げられ、信じられない声が出そうになる。政尚はとっさに両手で唇を塞いだ。

こんな声、なぜ――。

康治の手は握るだけでなく、扱《しご》くように動いている。そんなところにそんなことをしていいのは、政尚自身だけだ。それも、人目を憚《はばか》る秘め事としてなされるべきことだった。

「んっ……んっ……ふ」

政尚が必死で声をこらえようとしていると、胸を吸っていた康治が上体を起こしてくる。

伸び上がって、唇を塞ぐ政尚の手に口づけてきた。

「声を聞かせてくれ、松寿」

そう言って、そろりと花芯の先端を撫でる。

蕩《とろ》けるような甘さが、全身に広がった。

「や……」

冗談ではない、と口を塞いだまま、政尚は首を振った。康治がなにをするのか、わからなかった。

呆れるかと思った康治は、ひどくやさしげに微笑んでいる。見下ろす眼差しは、この上なく愛しげだった。

「恥ずかしいのか？　それとも、自分でここを触ったことがないのか。どっちだ？」

先端を撫でていた指が、甘やかすように幹を撫でる。

政尚はなんとか洩れ出そうになる声をこらえながら、答えた。答えなくては終わらないような気がした。

「触ったこと……ある。でも……っ」

「でも？」

政尚は甘苦しい感覚を振り切ろうと首を振る。

「でも……そんなとこ……人が、触る……なんて……」

「ああ。……本当に、なにも知らないんだな」

康治が破顔する。だが、やさしく微笑む一方で、その目はどこか哀しげだった。

「触っていいんだ。私はおまえを抱く男なのだから、お前の身体のどの部分でも触っていいんだ。触るだけじゃない……」

そう言って、康治が身を屈《かが》める。足を大きく開かれ、政尚は羞恥に声を上げた。

「ぁ……っ」

だが、驚くのはそれからだった。

康治の唇が開き、中から舌が出てくるのを、政尚は呆然と見ていた。舌が、政尚の花芯をゆったりと舐めていく。

「……ひっ」

「こうやって舐めるのも、抱く男の特権だ。さあ、口で可愛がってやろう。松寿はなにも考えなくていい。私に身を預けて、気持ちよいことだけ感じていればいい」

「……あっ……あぁっ、っ！」

生温かい口中に、花芯が含まれる。生温かさと、口腔の粘膜の心地よさ、そして舌が、政尚をさらに感じ入らせる。

跳ね上がりそうになった下肢を、康治に押さえつけられる。口腔が政尚の花芯を含み、唇が扱く。絡みつく舌は、政尚から正常な思考を奪っていった。

肌を許すというのがどういうものであるのか、政尚は羞恥とともに味わわされた。

「んっ、んっ……く、っ」

それでも、あられもない声を上げることだけは、承服できない。懸命に唇を噛み、口を手で塞いだ。

唇と舌を使って、康治が政尚を高めていく。時には指で根元をくすぐるように扱かれ、政尚の呼吸は乱れた。

「ん、んっ……ひ、ぅ……っ！」

しかし、達する寸前、花芯を縛《いまし》められる。

目尻に涙が滲み、政尚は身体を強張らせた。

「な……んで……んっ」

「おまえを、苦しめないためだ」

そう言って、康治が政尚の身体をうつ伏せに変える。尻だけ高く掲げるような格好に、政尚は激しく羞恥を覚えた。なぜ、こんな恥ずかしい格好をせねばならぬのか見当もつかない。

「……ふ」

康治がやさしい手つきで、政尚の尻を撫でた。

撫でられているのは尻なのに、なぜか前方の花芯から蜜《みつ》がとろりと滴《したた》り落ちる。

それが夜具を汚していることに、政尚は気づかない。気づく余裕もなかった。

全身が、焼けつくように熱かった。

恥ずかしいのに、下肢がひくひくと揺れる。花芯を解放したくてたまらなかった。

しかし、康治が許さない。

尻に、康治の吐息が触れた。

「な……に……あ、あっ、嘘……っ」

尻たぶを開かれ、その奥を舐められる。全身がかっと発熱した。

「と、藤次郎様……っ、やめ……っ！　いけません……いや、っ……あ、あぁ」

逃げてしまいたいのに、身体が動かない。

「いい子だ、松寿。そのままじっとしているんだ」

「や……ひ、っ」

ぬめった舌が、政尚の後孔を突く。ちろりと襞《ひだ》を舐め上げられ、息が上がった。

康治はなにをしているのだ。政尚の後孔に舌を這《は》わせるなんて、なぜそんなことをする。

そんなところは汚い。やめてくれ。

だが、すでに高められている身体は逃げることができない。足が萎《な》えたようになり、支えられてやっと下肢を掲げている有様だった。

康治は丹念に、幾度も襞を舌で濡らしていく。

そのうちに、固かった蕾《つぼみ》が綻び始める。舌の蠢《うごめ》きに合わせて、ひくひくと緩み始めた。

「あ……ん、ん……く、っ」

舌ではない、なにか堅いものが蕾を割っていく。

「や……な、に……」

声を出した瞬間、蕾がきゅんと中を穿《うが》つものを食いしめた。

「ひっ……」

「大丈夫だ、怖がらなくていい。おまえを傷つけはしない」

囁きながら、わずかに萎えた花芯を康治がそっと撫でる。

ゆったりと扱かれ、政尚からまた力が抜けた。

そうしてあやされながら、なにかがもう一本、身体の中に入り込んでいく。

その頃には、それが康治の指だと政尚にもわかりだしていた。指を、政尚の後孔に挿《い》れてきている。

なぜ、が少しずつ、もしやに変わる。

もしや、まさか――。

そして、指を引き抜かれた。

「と、藤次郎様……」

思わず、政尚は振り返ろうとした。

その背を、背後から抱きしめられる。

「見るな。このままでいるんだ、松寿」

「で……でも……っ」

尻に、なにか熱いものが当たる。当たると同時に、それが康治の雄芯だと政尚にはわかった。

まさか――。

政尚は目を見開く。康治が頬に口づけた。

「恐れるな、松寿。これが、抱くということだ。おまえのすべてを私のものにする。いいな」

そう言いながら、康治は獣の姿勢で政尚の後孔に自らの雄芯を押し当てた。

己のものよりはるかに充溢《じゅういつ》した肉塊《にっかい》に、政尚は怯えた。そんなもの、入るわけがない。そもそもそこは、なにかを挿れる場所ではない。

「や……やめ……あっ」

政尚は怯えきった声を放った。

しかし、太いものが、解された後孔を無情に開いていく。

政尚は息を呑んだ。これが、男に抱かれるということなのか。これが――。

身体の内側に、自分以外のものが入っていく。侵《おか》される。食べられてしまう。

「あ……あ、あ、あぁぁ、ぁ……ぁ、っ」

「松寿……松寿……好きだ……」

身体を開かれ、強張る政尚の花芯を弄《まさぐ》りながら、康治の雄芯が後孔深く入っていく。

康治のすべてが政尚の中に収められた時、政尚は半ば自失していた。

どくどくと、身体の中で自分ではない鼓動が刻《きざ》まれている。脈打つ灼熱《しゃくねつ》が、政尚を串挿《くしざ》しにしていた。

康治は、政尚が気づくまで、じっと動くのをこらえていた。

「松寿、大丈夫か？」

気遣う言葉に、政尚はゆるゆると目蓋を開く。呼吸は依然、苦しかった。なにより、身体の内側に康治がいるのがつらい。

「苦しい……」

「すまぬ。だが、これで私とおまえはひとつだ。わかるか？」

身体の中で、かすかに康治が動く。

「……ぁ」

きゅっと後孔が窄《すぼ》まるのを、政尚は感じた。まるで、挿れられた怒張《どちょう》を食いしめるような動きだ。

身体の中がみっちりと、康治で埋まっているような気がする。

こうやって小姓は、主君の支配を受け入れることを覚えていくのだ。政尚はそう思った。

身体の内側を、康治が支配している。

だが、政尚は支配されはしない。あらぬべき深いところで康治を受け入れているからといって、康治の支配まで受け入れはしない。

「好きだ。ずっと、おまえとこうしたいと思っていた……松寿」

「あっ……ん、んぅ」

背後から花芯を握られる。そこは、挿入《そうにゅう》の衝撃に萎えてはいなかった。

康治の熱い掌で握られ、身体の奥がとろりと蕩けた。

「んっ……」

政尚は夜具に顔を伏せた。感じてしまっているのが厭わしかった。

「動くぞ、松寿」

そう言って、康治がゆっくりと雄芯を引き始めた。

少し引いて、また奥まで挿れる。

やさしく動いて政尚の中を慣らしながら、少しずつ動きを大胆に変えていく。

合わせて花芯を嬲《なぶ》られ、政尚から切迫した声が上がり始める。

「あ、あ、あ……や、っ……あ、ぁっ」

奥を突かれるたびに、下肢が跳ねた。康治は何度も好きだと囁いてくる。政尚の中の情をかきたてようとするかのように何度も、何度も好きだと囁き、政尚の奥深い秘所を雄蕊《ゆうずい》で突き、抉った。

汗が噴き出し、全身が蕩ける。それが、花芯を嬲られているせいなのか、それとも、康治に奥を突かれているせいなのか、政尚はわからなくなる。

今はただ、早く終わらせてほしかった。このままでは、心臓の鼓動が止まってしまいそうだ。

それほどに深い悦楽だった。

やがて、康治の動きが激しくなる。

「松寿……一緒に……くっ」


昂りきった先端を強く扱かれるのと同時に、もうこれ以上は無理なほど深々と貫《つらぬ》かれる。

「あ……あ、あぁぁぁぁ――っっ……っ！」

奥でなにかが弾《はじ》け、政尚は目を見開いた。背筋がひくりと引き攣《つ》り、花芯にようやく解放が許される。

それは、かつて感じたことのない激しい解放だった。こらえようのない高い声を放ち、政尚は意識を失った。あまりに深い快楽に、意識を保《たも》てなかったのだ。

これが抱かれるということ。身体を重ねるということだ。どこからどこまでが自分で、どこからが康治なのか、もはやわからない。

気がつくと、ぐったりと弛緩《しかん》した身体を、康治に抱きしめられていた。

一瞬にしてすべてを思い出し、政尚は身体をびくりと震わせる。まだ互いに裸のままだった。

「ああ、気がついたか。気分はどうだ、松寿」

松寿と呼ぶ康治の声は、甘かった。だが見上げると、眼差しはどこか哀しげだった。

康治と呼びかけ、政尚は呼び名を改めた。今は、康治ではない。政尚も、政尚ではない。

そんな夢に、今だけ政尚も浸《つか》りたくなった。

「藤次郎様……あの……私はいつまで気を失っていたのですか」

「ほんの少しだ」

周囲を見回すと、まだ暗い。しんとした気配は、夜のものだった。

政尚はそっと目を伏せた。抱き合った身体は、まだ熱かった。下肢がひどく鈍《にぶ》い。全身がだるかった。

もう少しこうしていたい。なぜか、そう思う。もしかしたらこれが、情が移るということだろうか。

顔を伏せたまま、政尚は唇の端を歪めた。

今までの康治は、ただ幼い頃の一時期に親しくしていただけの男だった。戦に負け、康治の客となってからも、一線を引く気持ちを越えられなかった。

だが、今は――。

小姓でもないというのに、身体のもっとも奥深い部分で、康治と繋がってしまった。あられもない声を上げ、信じがたい部分を舐められ、怒張を穿たれ、ともに悦楽を味わい、悦びを解放した。

誰も知らない淫《みだ》らな秘め事を、政尚と康治は共有したのだ。

康治の手が、慈《いつく》しむように政尚の背を撫でている。好きだと何度も囁いた時のようにやさしく、その手から康治の想いが伝わってくるようだった。

――絆《ほだ》されてはいけない。

心を蕩かすのは、康治のほうでなくてはならなかった。

そっと、政尚は自分を抱く男の胸を押し戻した。だるい身体をなんとか起こし、見上げてくる康治を見つめる。

裸身を隠しもしない康治は、さすがに武将らしく逞しい体軀をしていた。病がちで、細い政尚とはまるで違う。

この身体に抱かれたのだ。

うっすらと、政尚の頰が赤らむ。脱ぎ落とした着物を目で探し、政尚は手にした。

「もう行くのか？」

名残惜しげに、康治が政尚の膝に手を置く。

政尚は目を伏せ、着物を羽織って裸身を隠した。

「……私は、あなたを満足させられたでしょうか」

呟くと、康治がため息をつくのが聞こえる。

「満足したとも。わかっているだろう、松寿」

「こんな大人の身体でも？」

「むろんだ」

康治は起き上がり、政尚の頰を手で包むように触れてくる。

「おまえを好きだと言っただろう。どれだけ、私がおまえを好いているか、おまえにわかるといいのだがな」

苦笑した顔は、寂しそうだった。

政尚の胸がつきりと痛む。それを認めたくなくて、震える指で着物の前をかき合わせた。

「手伝おう」

簡単に自分の夜着を身にまとうと、康治は政尚の着物を集めてくる。

立ち上がる時に揺らいだ政尚の腰を支え、まるで政尚の側仕えのように、着物を着せていった。

「……申し訳ありません」

自分で出来ると言いたかったが、今の政尚は立っているのがやっとだった。気を抜くと、足ががくがくと震えてくる。

自分で思っているよりもずっと、体力を消耗《しょうもう》しているようだった。

「中に出したものは、意識をなくしている間にかきだしておいた」

「え……？　あ、それは……」

頰から項がかっと赤くなる。中に出したものとは、つまり、康治の――。

康治が使った場所は、本来、挿れる場所ではない。ならば、出したものも処理しなければいけないのだろう。

「風呂を使わせてやりたいが……」

「いえ！　このままでけっこうです。――では、失礼いたします」

頭を下げ、政尚は寝間を出ようとした。

障子にかけた手を、上から握られる。

「また……機会はあるか。一度では、互いに情は移らぬぞ」

切なげな囁きに、政尚の吐息が震えた。

身体を重ねることで、康治の情をかきたてる。自分はけして、康治に情を移しはしない。

心決めているのに、康治の囁きに心が震えそうになる。

――情など移らない、けして……。

眼差しを落とし、それから、決意をあらたに、政尚は視線を上げた。

「いつでも、藤次郎様がお望みでしたら」

「私が望めば、か」

背後で、康治が苦笑している。手を握るのとは別の手で、康治が政尚の腰を抱きしめてきた。

「では、おまえの体調を見て、やすに使いを出す。――そのうち、おまえからここに来ることを願っている。どうか、私を好きになってくれ、松寿」

「好きですよ。あなたが高津家にやさしくしてくださればもっと……。虎寿を助けてくださるのなら、今すぐにでも」

政尚は、腰を抱く康治の手を握った。目を閉じ、うっとりと囁く。

「あなたの望む形で、一生涯、お側におります。男の身で、側妻にされても文句は言いません」

「できぬとわかっていて……ひどい男だ」

吐息が耳朶をかすめ、政尚を拘束《こうそく》する手が離れる。

「明日はゆっくりと休め。できるだけ負担にならぬよう気をつけたが、最後には少々、我を忘れてしまった。恋ゆえに、許せ」

「……存じております。では」

小さく頷き、政尚は康治の閨を出た。渡殿から空を見上げると、月がわずかに西に傾いている。

それだけの時間、政尚は康治と肌を合わせていたのだ。

——好きだ、松寿。

政尚はぎゅっと、己を抱きしめた。切ないほどの囁きに、心が乱れそうだ。

だがそれは、自分の務めとは違った。政尚は、高津家の男だった。


必ず、高津家を再興するのだ。

唇を噛みしめ、政尚は自室に戻るのだった。

五.

翌日、政尚は体調を崩した。初めての他人との情交——それも男との情交に、身体だけでなく心も乱れたのだろう。

昨夜はあれから、やすに手伝われながら夜着に着替え、床に就《つ》いたが、朝になると高熱を発していた。

——なんて弱い……。

高い熱のせいで息苦しく喘《あえ》ぎながら、政尚は自嘲した。康治と身体を重ねただけで、この身体はあっさりと悲鳴を上げる。その脆弱さが、武家の男として情けなかった。

昼になると、どこから手に入れたのだろう。栗《くり》の甘蔓煮《かんろに》が、薬とともに送られてきた。

もちろん、康治からだ。甘く口当たりのよい甘蔓煮なら、政尚の口に入るだろうとの心遣いだ。

苦い薬湯を飲んだあとの、甘い水飴も抜かりなく補給されている。

至れり尽くせりとは、このことだ。

だが、政尚が欲しいものは、こんなものではない。

「——虎寿は着いたか」

天井を見つめながら、政尚はやすに訊ねた。

朝から甲斐甲斐しく政尚の世話をしていたやすの手が、ぴくりと止まる。

やすは、昨夜、政尚と康治がなにをしたか、一言も訊ねはしなかった。

「……いえ、夕刻に到着するよしにございます」

やすの答えに、政尚は苦笑する。

「そうだったな。夕刻だった」

あまりに心が騒ぎ、つい忘れていた。虎寿が来るのは、夕方だ。

それから処刑されるまで、どれだけ時間があるだろう。

じっと目を見開いたまま、政尚は天井を睨《ね》めつけていた。

「……結城様はなんと？」

やすが遠慮がちに問いかけてくる。昨夜、政尚が康治に首尾よく抱かれたことは、夜着に着替えさせた時に見えた痕跡《こんせき》で、やすも知っている。

肌を合わせたことで、多少の譲歩を引き出せはしなかったかと、やすも気にかかるようだった。

政尚は、黙って首を振った。

「……さようでございますか。申し訳ございません」

やすが手をつき、深々と頭を下げる。

政尚は小さく笑った。

「なにを謝る。そなたは、謝らねばならぬことはしていないではないか」

「ですが……！」

やすの顔が、痛ましそうに歪んだ。元服を済ませた男が、同じ男に抱かれるということ、そのむごさを、やすも感じ取っているのだろう。

だが、政尚が選んだことだ。

「気にするな。たいしたことではない。これで虎寿を救うことはできなかったが、まだ兄上のお役には立てる。退紅は高津家のものだ。たとえ承和がどれほどの大国であっても、他国には渡さない。そのためにこの身が役立つならば、これほど嬉しいことはない。——泣くな、やす」

やすは袖《そで》を目元に当てて、嗚咽《おえつ》をこらえている。

領主の一族が男に身体を許すなど、しかも抱かれる側になるなど、あってはならないことだった。

望んでなったというならまだしも、政尚は露ほども望んでいなかった。それが、一族のために身を捧げねばならなかったことが、やすは無念でならないのだろう。

そんなやすの姿に、政尚は胸が痛む。己を哀れんでのことではない。

すべてが終わったあと、もっと抱きしめられていたいと思ってしまった自分を、政尚は忘れていなかった。

そして、頭も身体も溶け合うような深い悦楽——。

身体を合わせれば情も移る。

それはあながち間違っていない。一回、肌を合わせただけで、もう政尚は康治を他人と思えなくなっている。誰よりも深く溶け合い、繋がった記憶が、政尚の中で康治を特別にしている。

ましてや、もともと政尚は康治を嫌ってはいない。ただ、康治のように恋ではなかったというだけで、好意はあった。

この上、二度、三度と肌を合わせたら、自分の心はどう変わっていくのだろうか。

我が心ながら、摑むことは難しい。

だが、もしも、万が一、康治を憎からず思うようになったとしても、己が立場を忘れてはならなかった。

——私は高津政尚。退紅の国主たる一族の男だ。けして、康治に心奪われはしない。

政尚は静かに目を閉じた。

「——虎寿が城に着いたら、起こしてくれ」

「かしこまりました」

やすが頭を下げる気配がし、それから、居室を出ていく。

政尚はじっと、目を閉じていた。


障子越しに、日差しが橙《だいだい》に変わったのがわかる。

秋の夕日が、夕日の中でもっとも美しいと政尚は思っていた。

だが、それも今日までかもしれない。

やすが起こしにくる前に、政尚は身を起こしていた。熱は、朝よりも下がっている。夜具から立ち上がっても、わずかなふらつきだけですんだ。

障子を開け、庭中を橙に染める夕日を、じっと見つめる。

渡殿に出た政尚から、小さな咳《せき》が洩れた。

胸を喘がせ、政尚は渡殿に座り込んだ。

虎寿はもう着いただろうか。

そんなことを思いながら、ぼんやりと庭園を眺める。

と、渡殿の向こうから梶川信友がやって来た。

「起きていらしたのですか。ちょうどよかった」

なにが、ちょうどよいのだろう。

眼差しを上げると、梶川が政尚の前に腰を下ろす。

「お仕度が整いましたゆえ、お迎えに参りました」

「仕度？　迎えとはいったい……」

戸惑う政尚に、梶川が手を差し伸べる。一人では立ち上がれぬと思われているようだった。

憮然としてその手を拒《こば》み、政尚は一人で立ち上がった。わずかにふらつくが、梶川の助けは拒む。

意地を張る政尚に、梶川は苦笑していた。

「殿の近くに、部屋をご用意いたしました。さ、こちらへ」

案内しようとする。

政尚は目を見開いた。康治の近くの部屋とは、どういうことなのか。

まさか、康治と通じたことを早くも知られてしまったというのか。

息を呑んで佇《たたず》む政尚に、梶川の笑みが深まる。わずかにため息をついて、また口を開いてきた。

「殿ものの好きなことです。ですが、主君がどうしてもとお望みであれば、それに従うのが家臣というもの。政尚殿、どうか殿の想いを無碍《むげ》になされませんよう」

梶川の目が、一瞬、鋭く光る。

気圧《けお》されそうになり、政尚は腹の底に力を入れて踏みとどまった。

結城の家臣ごときに負けてなるものか。

「無碍などと……。私は、康治様のお慈悲に縋っているまでです」

「敗軍の姫君のように、ですか。——殿をあまり、甘くお考えにならないほうがよろしい。あの方は、その程度の情に流されるような方ではありません。あなたのその身をお家のために犠牲にするなど、あまりに愚かな振る舞いです」

「愚か、だろうか」

淡々と政尚を諫《いさ》める梶川を、政尚はじっと見つめ、口を開いた。

愚かであっても、やらなくてはならないこともある。

「私にできることをするしかない。——康治様のためにならないとお思いなら、今ここで私を斬ればよい。斬って捨てられても、私は恨まぬ」

太刀も、槍も持てぬ政尚の、これが戦であった。

しばらく政尚を見据えていた梶川が、ふっと口角をゆるめた。

「幼子の淡い恋だと思っていましたが、どうやら覚悟していたよりも長引きそうですね。あまり殿をお苦しめになられますな、と申しても、あなたはお聞き入れにならないでしょう。——さ、こちらに」

口調を変えて、梶川が政尚を案内するために背を向ける。

「やすは……」

「やすならば、新しい居室でお待ちしておりますよ。……まったく、殿もおやさしいことだ」

最後の呟きに、政尚はどきりとする。まさか、やすが兄と政尚を繋ぐ役目を果たしていることを、この男は知っているのだろうか。

いやな汗が、背中に滲んだ。

「ああ、そうそう。夜着のままでは、私が殿に叱られてしまいます」

そう言って、梶川は一旦、政尚の居室に入り、羽織るものを持ってきた。

「さ、どうぞ」

ふわりと、政尚に着せかけてくる。にこりと微笑む顔は屈託《くったく》がなかったが、信用はできなかった。

――梶川は……いや、康治殿はどこまで知っているのか。

承知の上で、やすを政尚の側に置いているのか。それとも、もともと高津家に仕えていた女子だから、警戒しているのか。

今よりももっと康治の側近くに行くのならば、いっそう警戒しなくてはならない。

夜着の裾《すそ》を握りしめ、政尚は緊張した。

渡殿を進み、康治の居室のすぐ近くまで案内される。新しい部屋は、康治の居室からほんの一部屋ほどしか離れていなかった。

あまりに近すぎる場所だ。

「こんなに側で……」

「殿の思し召しです。よほどに想われておいでなのですよ、政尚様」

ため息混じりに答えられ、政尚は青褪めた。

想われている、そうだろうか。むしろ、側近くに置くことで、政尚の動きを縛めようとしているのではないか。

「――やす、ちゃんとお前の大事な方をお連れしただろう？」

揶揄《やゆ》するように、梶川が障子を開けながらやすに言う。

室内で、やすがほっとしたように腰を浮かせていた。

「政尚様！」

居室を変えられ、どうなることかと案じていたのだろう。

立ち上がり、いそいそと政尚に近づく。側にいた梶川を押しやり、いたわるように政尚の背に手を添えてきた。

「お疲れでございましょう、政尚様。さ、横におなりくださいませ。すぐに白湯をお持ちいたします」

甲斐甲斐しく世話するのに、梶川が声をかける。

「白湯より、梨《なし》はいかがか。殿が政尚様にとお届けになったはずだが」

やすが、睨むようにして梶川に顔を向ける。政尚がいない間に、すでに散々、梶川にからかわれているようだった。

「今、梨をお口に入れられれば、夕餉が召し上がれなくなります！」

差し出口は控えろと言わんばかりの口調だ。

やすの剣幕に、梶川はくすりと笑う。

「これは、可愛らしいお腹をしておられる。それでは、私は失礼いたしますよ。よくお世話申し上げ、政尚様のお身体を早くお治しくだされ。殿がお待ちになっておられますからな」

政尚の頬がかっと赤らむ。待つとは当然、夜のことだろう。身体が治れば、早速にも康治の寝間に呼ばれるのだ。

やすが怒りの目で梶川を睨む。

「さっさとお仕事にお戻りなされませ！」

「怖いな、やすは」

からかい混じりにふふふと笑って、梶川が居室を出ていく。

やすは悔しそうに唇を噛みしめている。

それを見て、政尚は気持ちを落ち着けようと深く息を吸った。

「そう怒るな、やす。梶川は私の世話をする者だから、康治殿と私になにがあったのか、すべて康治殿から聞いているのだろう。それより――」

と、声を潜める。

「赤垣はどうしている」

「お呼びいたしましょうか？」

問いかけるやすに、政尚は首を振った。

「いや、いい。無事であるか気になっただけだ」

「それは……無事でございましょう。今朝方《けさがた》も話をいたしました。ですが、なにかご心配なことでもおありなのですか？」

政尚を夜具に座らせながら、やすが心配そうに言う。

政尚はしばし躊躇い、首を振った。

「……いや、なんでもない。以前より康治殿のお側近くになったゆえ、いっそう気をつけるように」

「はい、心得ております。政尚様もあまり……ご無理をなされませんよう。赤垣の申したことなど、お気になさらずに」

やすが唇を嚙みしめ、眼差しを伏せる。昨夜のことを、やすはまだ気に病んでいるようだった。


政尚はあえて笑みを浮かべてみせる。

「案ずるな。女子ではないのだから、なにほどのことではない」

「女子ではないから、案じているのでございます。お家のためとはいえ……おいたわしゅうございます」

耐え切れなくなったのか、やすが泣き伏せる。

震える肩を、政尚は言葉もなく見下ろしていた。

すでに始めてしまったことだ。

「……大丈夫だ。そなたは赤垣と謀《はか》り、兄上と繫ぎをとってくれ。よいな」

「はい……はい……」

「それから、虎寿のこと……。いかような仕儀《しぎ》になるのか、探ってくれ」

沈んだ声に、やすが顔を上げる。

「いかがなさるおつもりですか」

政尚はため息をつく。

「助けられずとも、虎寿がどうなるのか知らねばならない。あとで兄上にお話しできるように」

救えぬのならばせめて、虎寿の最期を知るのが政尚の務めだった。

「承知いたしました」

やすが深々と頭を下げる。

「やす、もし叶うのなら、梨でも水飴でも、虎寿に持っていってやってくれ。それくらいしか、もはや……」

込み上げるものを、政尚はぐっと飲み下した。嘆いていいのは、政尚ではない。

真実悲しんでいいのは、虎寿の母であり、父だ。なんの力にもなれなかった叔父には、嘆く資格もない。

ただ、虎寿のためにも、退紅を取り戻すことに力を尽くすだけだ。

そのためには、まず熱を下げなくてはならない。


再び、康治の閨に侍れるように、身体を治すのが政尚の務めだった。

政尚は夜具に身を横たえ、静かに目を閉じた。


翌日、虎寿は切腹を申し付けられた。

元服前でありながら、虎寿はその場で潔《いさぎよ》く腹を召したと、政尚はやすから聞かされた。

兄の男子は、これですべて絶えたことになる。

「虎寿……」

そう親しくしていたわけではないが、甥《おい》の死が、政尚の胸を苦しませた。

覚悟していたとはいえ、衝撃にまた熱が上がってしまう。

苦しげに呼吸しながら、政尚は横になっていた。やすを通じて差し入れた梨を、虎寿は美味《おい》しいと食べてくれたと聞く。

こんなことしかしてやれない自分が、政尚は情けなかった。せめて自分が武将として働けたなら、虎寿と一緒に城を落ち延びて、なんとしてでも虎寿を守っただろうに。

身体を使っても、康治の情に訴えかけることすらできない。

不甲斐ない叔父であった。

虎寿の死は、じきに兄にも知らされるだろう。ただ一人残った男子の死に、兄はどれだけ嘆くだろうか。

そう思いかけ、政尚の物思いが止まる。

——兄は……兄は、嘆くだろうか。

疑念が、苦味とともに湧《わ》き起こる。

——私の嫡男はおまえだ。おまえは、私としずの子だ。

別れ際にそう言った、兄の言葉が思い出される。

虎寿が死んでもなお、兄はそう思っているだろうか。

違う、と政尚は思いたかった。

だが、自分に言い聞かせることができない。

兄はすでに、幾人も我が息子を殺している。虎寿も、元服したのちまで生きながらえるか危ぶまれていた。

兄弟を、息子を殺し、兄は政尚一人を生き残らせてきた。

——私の嫡男はおまえだ。

身体が弱いから——。それだけではない。

そう言って、まるで母本人を見つめるかのように狂おしく、政尚を見つめてきた兄の目。

夜具の中で、政尚はぶるりと震えた。

兄にとって、虎寿は大事ではない。政尚が生きていさえすれば、それでよいのだ。

政尚は目を強く瞑った。そうではないと、否定したかった。

だが、否定したいと思えば思うほど、否定できない。

「兄上……」

思わず、政尚は呟いた。母をどれだけ愛していたかわからないが、母への執着を政尚に繋げることは終わりにしてほしい。

政尚は母ではなかった。それに、この脆弱な身体で兄の跡目を継げるとは思えぬ。

二つの大国に翻弄される運命《さだめ》の退紅には、しっかりとした強い国主が必要だった。

それは、政尚ではない。

政尚は乾いた咳をした。

渡殿から、控えめな声がかけられる。

「政尚、入ってもよいか」

康治だった。闇ではないからか、松寿とは言ってこない。

仄暗《ほのぐら》い微笑が、政尚の口元に浮かぶ。兄は母への愛で政尚を絡めとろうとし、康治は松寿への恋情で政尚を己がものにしようとする。

だが、康治に抱かれることを選んだのは、政尚だ。

「……どうぞ」

返しながら、政尚は半身を起こした。障子を開け、康治が入ってくる。

「また、熱が上がったと聞いた。大事ないか?」

康治は政尚の側に胡坐をかき、手際よく政尚に羽織を着せかける。

「ありがとうございます」

政尚は頭を下げた。康治はやさしい。今はそのやさしさがつらかった。

「私の顔など見たくもないと思ったのだが……」

そこまで言って、康治が口を閉ざす。虎寿のことを、康治は気に病んでいるようだった。

おかしなものだ、と政尚は思った。虎寿の父である忠政であっても、ここまで心にかけはしないだろう。城を落ち延びる時ですら、兄の心にあったのは政尚の無事であって、虎寿の無事ではなかった。

もっとも、康治とて虎寿自身を哀れんでいるのではない。虎寿を助けたいと願っていた政尚を、哀れんでいるのだ。

もしかしたら、虎寿のために涙を流すのは、虎寿を産んだ生母だけかもしれない。

なんのための十二年だったのか。

わずか十二歳で逝《い》ってしまった虎寿の死を、政尚は悼んだ。十歳で死のうとしていた政尚を兄は救ってくれたのに、自分はその兄の子を救えなかった。

しかも兄は、必ずしもそれを望んでいなかったかもしれない。

虎寿があまりに不憫《ふびん》だった。

それらの感情を、政尚は無理やり押さえ込んだ。

――武門に生まれた者の運命だ。

だからこそ自分も、康治に身を投げ出すのだ。


「……無理を申しました。申し訳ありませんでした、康治様」

怒りも嘆きも露《あらわ》にせず、政尚は静かに頭を下げた。

康治が渋い顔になる。だがすぐにため息をつき、政尚の肩を押しやって、顔を上げさせた。

「思いをぶつけてくれたほうが、嬉しいのだがな。だが、しかたない」

そう言って、政尚をそっと抱きしめてきた。

「康治様……？」

もしや、このまま政尚を抱くのだろうか。

それでもよい。

政尚は身体から力を抜き、康治に身を任せた。

康治は黙って、じっと政尚を抱きしめている。

そうして黙っていると、康治の鼓動が聞こえてくる。とくとくと刻まれる鼓動に、政尚は目を閉じた。

――温かい……。

もう他人ではないせいだろうか。抱きしめられた

身体がぽかりと温まる。

じんわりと、眦《まなじり》に涙が滲んだ。

なぜ、涙が……。

だが、身体が動かない。眼差しが潤み、視界が揺らぐ。

瞬きすると、涙がほろりと零れ落ちた。

「……松寿」

囁きとともに、頬に流れた涙を康治に吸われた。

それから、さらに強く抱きしめられる。

背中をゆっくりと、康治の手がさすってきた。

——これは……。

なんだろう。声もなく、涙だけがほろほろと零れ落ちる。涙はすべて、康治に吸われた。

目尻に口づけられ、政尚はつい康治の肩を摑んでしまう。

このまま抱かれても、もうどうでもよいと思った。

だが、康治は政尚が泣き止むまで抱きしめてから、そっと身体を離してしまった。

「——身体をいとえ、松寿」

夜具に身体を横たえられ、宝物のように額に口づけられる。

「口には……なさらないのですか」

思わず言ってしまった政尚に、康治が苦笑していた。

「口にしたら、それだけでは済まなくなる。忘れるな。私はおまえを好きなのだぞ。抱いてしまいたくなるではないか」

あけすけに求められ、政尚の頬がうっすらと赤く染まる。

それを眩しそうに、康治は見つめていた。

やがて、自分の中の衝動を振り切るように、腰を上げる。

「案ぜずとも、身体がよくなればまたここに来る。次はもっと、おまえをよくしてやろう」

「そん……」

笑みを向けられ、政尚は赤面して顔を背けた。まるで自分から康治を誘ったような、そんな恥ずかしさを覚える。

黙って抱きしめられて、涙まで流して、自分はどうしてしまったのだ。

腹立たしくてつい、身体ごと康治に背を向けた。

康治は相変わらず苦笑している。

「では、また来る」

そう言って、居室を出て行く気配がした。

政尚は己をきつく抱きしめた。

きっと自分は、気が弱くなっているのだ。虎寿の死に、心弱くなっているだけだ。

いっそのこと、熱で弱っていようがかまわずに、自分を抱いてしまえばよかったのに。

そうしたら、きっと自分は康治を罵れた。

けれど、康治が与えてくれたのはやさしい抱擁《ほうよう》と慰めで……。

——おまえが好きだ。

その想いに、自分は同じ想いを返せない。

政尚は強く目を瞑った。

情など移らない、けして——。

政尚は自分に何度もそう言い聞かせ続けた。

六.

二度目の逢瀬《おうせ》は、それから数日後だった。律儀《りちぎ》な康治は、政尚の熱がすっかり下がってからやって来た。

「あっ……ん、ぅ」

ずくり、と身体の深みに康治の熱が侵入してくる。今夜も政尚を気遣い、背後からの侵入だった。

「大丈夫か、松寿」

いたわられ、花芯を取られる。そこはまだ、逞しい怒張の侵入にわずかに萎えていたが、触れられると嬉しげに芯を硬くした。

「あ、あ、あ……ん、ぁ、あぁ」

政尚の快感を煽《あお》り立てるように、康治がやさしくそこを扱き上げる。

いくらもしないうちに政尚の息が上がり、甘い声が洩れだす。

康治を食いしめる後孔が、きゅっと窄まる。

「く……松寿」

締めつけられ、康治が苦しげな声を洩らす。

だが、食いしめられたことで康治の雄芯はまたひと回り猛々《たけだけ》しさを増す。

「松寿、好きだ……好きだ」

囁かれながら、腰を使われた。

やさしく花芯を嬲る手、さらにもう片方の手が政尚の胸の実をあやす。

「あっ……ん、ぁ、ぁ……ん、ぅ、っ」

夜具を噛み、政尚はあらぬ声をこらえようとした。あまりに恥ずかしい声だった。

中を抉られ、はしたなく下肢が跳ねる。

突き上げられることを気持ちがいいと、政尚は感じていた。

さらに、花芯や胸に悪戯されるのだから、たまらない。

「んっ……んんんぅぅぅっ――――……っっ!」

「松寿……っ!」

夜具を噛みしめたまま、政尚は達した。

きゅっと窄まった後孔で、すぐに康治も極める。身体の中に熱いものが迸《ほとばし》るのを、政尚は夢うつつに感じていた。

「はぁ……はぁ……はぁ……」

今日は意識をなくさなかった。

荒い息遣いで、政尚はがくりとくずおれた。

繋がったまま、康治が背後から政尚を抱きしめている。

康治の息も荒かった。何度も、政尚の肩や背に口づけている。

秋の夜の肌寒さが消え、汗ばんだ身体で密着しているのが熱かった。

やがて呼吸が静まり、康治がそっと政尚の身体から雄芯を抜く。

「……う、んっ」

ずるりと怒張が抜け出る感触に、政尚はぶるりと震える。

すぐに身体を仰向けにされ、口づけられた。

悦楽を煽り立てるような激しい口づけではない。分かち合った快楽を味わうような、やさしく、静かな口づけだった。

心ゆくまで政尚の唇を味わってから、康治がごろりと夜具に転がる。

しかし、政尚を摑む手は離さず、横になったまま、政尚を抱きしめてくる。

まだ、互いの身体は熱かった。

「きつくなかったか、松寿」

心配げに、康治が訊いてくる。

二度目の逢瀬に、政尚はすっかり疲れきっていた。されるばかりで、自分はなにもしていないのに、どうしてこんなにだるくなるのだろう。

「少し……」

見るからにぐったりした様子で嘘はつけない。

政尚は言葉少なに答えた。

「すまぬ」

きゅっと抱き竦められる。愛しくて愛しくてたまらない、とその腕から伝わってくるような抱擁だった。

「……いいえ、私が望んだことです。お気になさらずに、藤次郎様」

胸に押しつけた耳に、康治の鼓動が聞こえる。とくとくと、規則的に刻まれる鼓動に、ややもすれば眠気を誘われそうだ。

「眠いのか？」

すぐに康治に気づかれ、少し嬉しげに問われる。

「始末はしておいてやるから、休むといい」

「そんな……」

うっすらと政尚の頬が赤く染まる。始末とはつまり、中に放たれた康治のもののことを指しているに違いない。

初めての時は気を失ってしまったから、康治の世話に任せたが、意識がしゃんとしている今はそんなわけにはいかない。

政尚はそっと康治の胸を押しやり、離れようとした。

しかし、康治が許さない。ますますきつく抱きしめ、

「始末をするのも、抱いた男の務めだ」

と、言ってくる。

本当だろうか。

政尚は首を傾げた。

本当だとしたら、小姓を抱いたあと、兄もそうしていることになる。

それはいかにも考えづらかった。また、世の男ど

もがそこまでまめまめしいとも思えない。

「偽りを申されますな。いくら閨の作法を知らぬとはいえ、その程度のことは察しがつきます」

離してほしいと、政尚は康治の肩に手をついた。

「嘘だと思うのか？　いいや、違う。惚れた相手ならば、なにもかもをやってやりたいと思うのが男というものだ。それに、慣れぬおまえがやって傷をつけてはことだ。私に任せろ」

「傷？」

思いもかけないことを言われ、政尚は康治を見上げる。

康治はくすりと笑い、政尚の蕾に指を這わしてきた。

「……あ」

「ここに、自分で指を挿れたことがあるか？　中は繊細《せんさい》で傷つきやすい。爪を立てぬようにそっとかきだしてやらねば、怪我をする。後ろに目がついているわけでもないのに、自分でそれができるか？」

「それは……」

自分で自分のそこに指を挿れる。できるだろうか。

康治に手を掴まれ、自分の後孔に導かれる。

人差し指を摘んだ康治が、それを政尚の後孔に触れさせた。

「挿れてみるか？」

「……ひ、っ」

爪先《つまさき》をぐっと中に挿れられそうになり、政尚の声が裏返った。

すぐに、指を解放される。背中をやさしく撫でられた。

「私に任せたほうがよいだろう？」

囁きは、揶揄の色も、嬲る色もなく、ただやさしさだけがあった。

答えられないうちに、康治が声を上げ、襖《ふすま》の向こうに控えていたやすに湯を持ってくるよう命じる。

ほどなくして、やすが湯盥《ゆだらい》を持って戻ってきた。

康治は横たわる政尚に着物を被《かぶ》せ、襖を開ける。

やすは平伏していた。

「しばらく下がっておれ」

「かしこまりました」

そのまま、やすは一度も顔を上げなかった。顔を上げれば、政尚のあらぬ姿を見てしまうだろう。

政尚もじっと、夜具を見つめていた。

襖の閉まる音に、やっと身体から緊張を解く。

それから抱き上げられ、康治から手当てを受けた。首に縋っていろと言われ、声を噛み殺す。

それは、肌を合わせるのと同じくらい、恥ずかしい時間だった。

指を後孔に挿れられ、とろりとした蜜をかきだされる。

すべて綺麗にすると、湯に濡らした絹地で後孔を清められた。

だが、ほっと息をつくことはできない。後孔を清められる行為で、政尚の花芯が再び実りだしてしまったからだ。

屈辱に、政尚は拳に歯を当てる。どうしたらよいのかわからなかった。

「松寿、手に傷がつく。いやでなければ、こちらを握ってくれないか」

そう言って、康治が拳に触れてきた。

「な、に……を」

閉じていた目を開けると、その目を覗きこむように康治が目を合わせてくる。それから、眼差しで政尚を導いた。

「……あ」

康治の下肢で、さっきまで政尚を攻めていた雄蕊が隆々《りゅうりゅう》と勃《た》ち上がっていた。

「おまえに触れているだけで、こうなってしまう。さわってはくれないか？　代わりに、私がおまえに触れる」

「んっ……っ」

言葉とともに、昂った花芯を握られた。じん、と甘い疼きが下肢から広がる。

「松寿……」

囁かれ、政尚は震える指を康治の下肢に伸ばした。

「……ぁ」

熱い。そして、逞しい。片手であまるほど、康治のそれは猛々しかった。

これが、さっきまで自分を抉っていたのだ。

こくり、と政尚の喉が鳴った。

「ふ……ん、ぅ」

康治がそろそろと、政尚の花芯を扱く。

それに合わせるように、政尚も康治の雄芯を擦《こす》った。

手の中で、康治の雄蕊がどんどん成長していく。

政尚のものも、同じように成長していった。


やがて——。

「……んんっ！」

「くっ……」

びくんと花芯が、ぶると雄芯が震え、ともに蜜を迸らせる。

二度目の解放に、政尚はくたりと力を失った。

その背を、康治がしっかりと支えてくれている。

口づけられ、抱きしめられた。

「すごく……よかった。松寿は？」

「…………よかった」

口にしたとたん、全身が朱に染まった気がする。

だが、それは隠しようのない事実だった。

さらに強く、康治に抱き竦められる。

そのうち、裸のままでは政尚が風邪を引くと気づいたのだろう。

康治が盥の湯で布を濡らし、政尚の身体を拭《ふ》き清めだす。

それから、丁寧に夜着を着せ、薄物を羽織らせた。

そうしてから、自分の身づくろいを始める。

政尚は手伝いたかったが、二回の放埒《ほうらつ》に腰が萎えたようになっていて立ち上がれない。

仕度が済むと、康治に抱き上げられた。

足で襖を開けると、隣室に同じように夜具が敷かれている。

そういえば、と政尚は唇を噛みしめた。

一度目の放埒は康治に貫かれてのことで、背後からの行為であったため、政尚の白濁は夜具に放たれてしまった。

自らの蜜液に汚れた夜具を思い、政尚は羞恥を深める。

それとともに、ひとつの疑問が浮かんだ。

—なぜ……後ろから……なさるのですか」

そっと夜具に降ろされ、つい口にしてしまう。

康治は横たえた政尚の髪を、そっとかき上げてきた。

「そのほうが、おまえの負担が減るからだ。前からおまえを抱けば、疲労も深まる」

え、と政尚は康治を見上げた。よく意味が掴めなかった。

仕方がないと苦笑して、康治が政尚に伸《の》しかかってくる。

着せてもらった夜着の裾を払い、足を押し開くのを、政尚は呆然と見つめていた。

「やっ……く、っ」

膝を折られ、身体を二つに折り曲げられる。ひどく苦しい格好だった。

「どうだ、つらいだろう」

眉を寄せた政尚に、頭上から康治が訊いてくる。

それでようやく、政尚は得心した。

「は、い……」

答えると、康治が足を解放し、夜着の裾を整えてくれる。

折り曲げられた体勢はひどく苦しかった。あれでさらに、康治の雄芯を挿れられてはたまらない。

康治がどれだけ大事に自分を抱いてくれていたのか、政尚はわかった。

「……ありがとうございます」

小さく、政尚は礼を言った。ただされるがままの自分は、康治にとってさぞかし物足りないだろう。

それに、普通は何度身体を重ねるのかは知らないが、一度放って終わりというのも、康治には足りぬのかもしれない。

現に、政尚の身体を清めたあと、ともに花芯を扱き合い、上り詰めてしまった。

その時のことを思い出し、政尚の頬が赤く染まる。

政尚の礼に、康治は微笑んでいるだけだった。

「――休むがいい」

そっと、目蓋を塞がれる。


政尚は従順に目を閉じた。閉じると同時に、身体が奈落の底に落ちていくように眠りに引き込まれる。

二度の放埒で、身体がひどく疲れていた。

「おやすみ、松寿」

康治の囁きも、夢の中の声に聞こえた。


政尚が寝入ったのを確認してから、康治は立ち上がった。

最後に、寝息を洩らす唇に指で触れ、その指をそっと自分の唇に押し当てる。

「――全部忘れて、私を好きになってくれ」

そうしてくれたら、自分はどれだけ幸せだろうか。

退紅は滅びる。高津忠政も、康治が討ち果たすだろう。

高津家に将来《さき》はない。

だから、政尚にも諦めてほしかった。諦めて、康治のものになってほしかった。

——身体を重ねていけば、情も移る。

その言葉が本当であってほしい。

康治は切に願い、腰を上げた。

隣室に入ると、呼んでもいないのにやすが室内を片付けている。

汚れた夜具、政尚の中を清めた絹布、湯盥、それらを無言で片付けていた。

「明日、薬湯を届けさせる。松寿に——政尚に飲ませるよう。滋養がつく」

「……ありがたき思し召しでございます」

やすが平伏する。しかし、その背には、康治に対する不満がありありと表れていた。

だから、やすに政尚の側にいることをいまだに許しているのだ。これが、政尚との仲を勧めるような侍女であったら、とっくに遠ざけていた。

やすは忠政との間を繋ぐ間者であるかもしれないが、同時に政尚にも忠義を立てている。だからこそ、お家のために政尚が側妻のような振る舞いをすることを、面白く思っていないのだろう。

「必要なものがあったら、なんでも申せ。すぐに用意させる」

康治にとっても、政尚は大事な人間だった。政尚さえ側にいるならば、妻も子もいらなかった。

承和の国主たる康治の唯一の我《わ》が儘《まま》だ。

もっともこれも、兄弟がいなければ貫けぬ我が儘であっただろうが。

——結城家の血筋なら、他にもいる。

だが、高津政尚はこの世にただ一人だった。


「ご出立の日取りが決まったようでございます」

赤垣から知らせを聞いたやすが、声を潜めて政尚に告げてくる。

承和軍が退紅に居座って、ひと月が過ぎていた。

康治の訪《おとな》いのたびに熱を出していた政尚も、この頃では翌日体調を崩すことも稀《まれ》になっていた。慣れた、というべきだろうか。

相変わらず政尚はただ身を横たえているだけだったが、康治は夜毎《よごと》熱心に政尚を抱いた。

身の内を清めたあと、互いに花芯を弄り合うのが唯一の奉仕《ほうし》だ。

それ以上の奉仕を、康治は求めてこなかった。政尚を抱き、好きだと囁く。それだけだ。

それでも、身体を繋げた回数だけ、心も康治に繋がれていくのを政尚は感じていた。

かろうじてそれを止《とど》めているのは、高津家への忠義だけだ。武将としてなにひとつ働けない自分にできる、唯一の働きがこれであった。

身体に心まで引きずられてはならない。たとえ、どれほど康治から恋情を捧げられても。

たとえ自分が、届かぬ文を何度も書いたほど、幼い日を過ごした相手でも。

政尚は書見台から顔を上げた。

「それで、羽黒城に残るのは誰だ」

「飯尾光宗《いいおみつむね》様とのことでございます。退紅一国を与えられるとか」

そう言って、やすは悔しそうに顔を歪める。

退紅は古くから、高津家の領国だった。それが、承和の一武将に与えられるのが悔しくてならないのだろう。

だが、やすの悔しさはそれだけではなかった。

「先に、工藤《くどう》、竹内《たけうち》様方を承和にお帰しになり、結城様は梶川様だけを伴いゆるゆると承和にお戻りになるとか。政尚様のお身体を気遣ってのことでしょうが、梶川様ほか二千の兵しかお手元に残さないとは、あまりに我らを侮ったお振る舞いではありませんか！」

「それだけ、退紅領内を治めた自信があるのだろう」

政尚は静かに答える。退紅領内に敵はいない、と康治は判断しているのだ。だから、兵も少なく、ゆっくりと承和に戻る。

ゆるゆるとした旅程でなければ、政尚の身体がもたないのはたしかだ。悲しくなるほど、政尚の身体は弱い。

そんな政尚を、康治はそこまで気遣ってくれるのだろう。

ありがたいことだ、と政尚は思った。もしも政尚が高津政尚でなければ、とうに康治に心を許してしまっていたかもしれない。

それほどに、康治は思いやり深かった。

しかし、政尚は高津家の人間だった。

「——やす、兄上は朱華でいかがしておられる」

「さ、それは……」

おそらく、退紅を取り戻すために朱華の国主に兵を頼んでいるだろう。

それがうまくいくかどうかはわからないが、朱華にとっても退紅を承和に獲《と》られる事態は避けたいはずだ。

退紅がなければ、朱華は直接、承和の脅威《きょうい》に晒される。

承和にとってもそれは同じだが、先に退紅を我が物にした承和には勢いがあった。この勢いのままに、朱華攻略に取りかかられては、朱華も危ない。

今しかない。

政尚の目がなにもない空間を見据えていた。

「赤垣に確かめよ。もし、兄上が軍勢を用意できるのならば……」

そこで、やすがはっと顔を上げる。

「承知いたしました。すぐに、赤垣殿に」

言うやいなや、立ち上がる。

慌ただしく居室を出ていくやすを、政尚は無言で見送っていた。

　女のやすと違って、赤垣は政尚の意中をすでに悟っていた。

　いや、康治の手勢を聞いた時からもう考えていたに違いない。

　政尚の文を、赤垣は早速に、忠政に送った。そこには、夜、康治から聞いた承和へ向かう日程が詳しく書かれている。

　それを見れば、兄も康治を襲う計画を立てられるだろう。康治を討つか、捕らえさえすれば、退紅を取り戻せる。

　予定の出立日になり、政尚は承和に向かうためにいよいよ旅立った。

「疲れたら、遠慮なく言えよ。おまえの体調が一番大事なのだからな」

　なにを思ったか、康治は政尚と馬を並べてくる。自分が側妻のように康治に侍っていることがわかっている政尚は、自分のような者が並んでよいのだろうか、と敵ながら、心配になった。

　康治自身には恨みはないのだ。ただ、退紅を取り戻したいだけ。

　自分のような者を重用することで、国主としての康治の信望が落ちることを、政尚は心配した。

　康治の振る舞いに、梶川も文句を言ってこない。しかたがないと諦めているのか。それとも、政尚のいないところで文句を言っているのか。いずれとも、判断しがたかった。

「承和から退紅に戻る時も、この道を辿ったのか？」

　道すがら、康治がのんびりと訊いてくる。

　言われてみれば、見覚えのある景色だった。

　身体を壊して以来、遠出したのはあの帰国の旅だけだ。

気持ちのよい秋の日差しに、政尚は目を細める。

「そうですね。この道だったと思います。――ああ、あの山。見覚えがあります」

「あの時は、たしか輿《こし》で帰ったか。馬とどちらがよい」

「馬のほうがよいように思います。風が当たって、気持ちが晴れ晴れといたします」

政尚が珍しく笑みを浮かべてそう言うと、康治も嬉しそうに頷く。

それが胸にずきりと響いた。

――仕方のないことだ。

政尚は高津家の人間で、康治は敵将なのだから、すべていたしかたないことなのだ。

通常なら五日ほどかかる距離を十日ばかりかけて、ゆっくりと、政尚たちは承和領内に向かっていった。

そうして、明日には承和に入る、そんな夕べ、政尚は宿にと召し上げた寺で、身体を休めていた。さすがに連日の馬上での行程に、節々《ふしぶし》が悲鳴を上げている。

「政尚様、白湯をお持ちいたしました」

やすが、縁の欠けた茶碗に白湯を入れてやって来る。まったくこれだから田舎の寺は、と文句を言っているやすに、政尚はくすりと笑った。

「休ませてもらえるだけ、ありがたいことだ」

政尚がいなければ、こんな田舎寺に泊まることはなかっただろう。寺のほうも、いい迷惑に違いない。

差し出された白湯を、政尚は口に含んだ。疲れた身体に、滋味《じみ》のように染み渡る。

「甘い。よい水だ」

寺の近くに清い湧き水でもあるのだろうか。味のないはずの水が、甘く感じられる。

「よろしければ干し柿《がき》などもございますが」

食が進むようなら、とやすが言う。

しばし考え、政尚は頷いた。夕餉の時刻は近いが、一日馬に乗ってひどく疲れた。甘いものが欲しく感じられた。

「少しもらおうか」

やすが嬉しそうに顔を綻ばせる。ただでさえ食の細い政尚が、勧められたものを食べるというのは珍しいことだった。

「すぐにご用意いたします」

嬉々《きき》として、下がっていく。そんなやすを、政尚は楽しげに見つめた。

やすにも心配ばかりかけている。

小さく、政尚は咳き込んだ。いけない、またやすに無用な心配をかけてしまう。

だが、耳に飛び込んできた声は違う人間の声だった。

「どうした、風邪でも引いたか!」

走るように、誰かが側に寄ってくる。

「……康治様」

旅の埃を落とした、康治だった。膝をつくと、政尚の顔を覗き込んでくる。

「もう少しゆったりとした旅にすればよかったか」

眉根を寄せるのが、ひどく心配そうだった。

胸が痛くなり、政尚は眼差しを伏せた。

「いいえ、風邪ではありません。少し、喉が渇いてしまっただけのこと。ご心配なされますな」

言いながら、飲みかけの白湯を再び口に運んだ。一口飲み込み、意を強くして顔を上げ、にこりと微笑む。

「そうか。もう少し白湯を持ってこさせようか。やすはどこにいる」

「やすならば、今、干し柿を取りにいっています」

「干し柿？　食せるのか？」

少し驚いた様子で、康治が政尚を見つめる。政尚の食が細いことは、康治も知っていた。

政尚は頷く。

「ええ、甘いものが欲しくなりました。ですから、風邪などはひいておりません」

「そうか。甘いものが欲しくなったか」

政尚の答えに、康治が嬉しげに目を細める。

では、と腰をすえた。

「私も干し柿を馳走《ちそう》になろう。よいか？」

こんなことでも、康治は政尚に許しを求める。政尚の意見など聞かずとも勝手にすればよいのに、どんな小さなことでも無理強いということを康治はしなかった。

「どうぞ」

そんな康治が、少しつらい。真心を尽くしてくれる康治を、政尚は裏切っている。一両日中にも、兄は康治を襲うだろうに、なにも知らぬ顔をしているのがつらかった。

康治がやさしくなどなければよかったのに。

康治を責める筋合いもないのに、つい恨み言を言いたくなる。

愚かな自分を、政尚は恥じた。

戻ってきたやすは康治がいるのに少し表情を変えたが、黙って、康治にも干し柿を差し出す。

うらぶれた田舎寺の庭先を見ながら、ともに干し柿を食べていると、いつまでもこのままでいられたらいいのにと思えてくる。

康治はやさしく、干し柿は甘く、あの十歳の頃であればそれだけで、政尚は幸せな気持ちになれただろう。

「うん、なかなか美味だな、政尚」

「そうですね。美味しい」

答えながら、政尚は胸が切なくなる。見下ろしてくる眼差しは愛しげで、しかし、自分はそれに答えられない。

答えられたらどんなにいいだろう。

いいや、駄目だ。

「夕餉はともに食べられるな？」

今日もまた、訊ねられる。

政尚は「はい」と答えた。

それだけで、康治は手も触れてこない。触れたそうに手が泳いでいるが、庭を掃き清める小僧に気がついて手を出しかねている。

「それでは、また夕餉に」

それだけ言って、康治は腰を上げた。

政尚は黙って、平伏する。貴重な時間を、そっと胸に抱きしめていた。

康治と過ごす時間の貴重さを、政尚も自覚するようになっていた。

別れが近いせいだろうか。

そうかもしれない。ともにいられないと知るからこそ、今一緒にいられる時間が愛しいのだ。

――情が……移る、か。

移ったのは政尚の情なのか、それとも、康治の情なのか。

だが、肌を重ねることで、言葉では伝わらぬ感情が伝わるのはたしかだ。政尚はかつて、あれほどまでに愛されたことはない。

母の記憶はあまりに遠く、父からは憎しみしか感じなかった。

兄は――。

政尚はぶるりと震えた。なにかが恐ろしかった。

いや、兄を恐ろしく感じることはない。政尚にとって忠政は、常にやさしい兄だった。

なにを恐れる必要がある。

政尚は深く息をついた。

その物思いを、赤垣の声が遮った。

「――政尚様」

はっとして視線を庭に向けると、いつの間にか庭を掃いていた小僧が消えている。代わって、赤垣が膝をついていた。

「今宵《こよい》、殿が」

それだけで、政尚は赤垣の言いたいことを知る。

今夜、兄が攻めてくるのだ。

「皆が寝静まった頃、お迎えに参ります。政尚様は殿の下へお戻りくださいませ」

「……わかった」

いよいよなのだ。

政尚は頷き、それだけで赤垣は立ち去る。

あとには、強張った顔のやすと、覚悟を決めた政尚が残された。

七.

「……そうか。そう申していたか」

康治は沈鬱に呟き、目を閉じた。政尚は己のものにならない。そのことがゆっくりと、胸に落ちていく。

康治の眼前では、梶川が平伏していた。その顔にはいかなる表情も浮かんでいない。

「今夜、忠政が攻めてくるのだな」

「はい。合図は、政尚様がこの寺から出奔《しゅっぽん》することにございます」

「……そんなに政尚が大事か」

康治は吐き捨てるように呟いた。親も兄弟も、我が子すら殺してのけたのならば、異腹の弟である政尚一人、生贄《いけにえ》にしてしまえばよい。

そうすれば、忠政が本当に攻めてくるのか、康治も迷うだろう。

だが、康治にとって政尚が大事なら、忠政にとっても大事だった。

互いに、けして政尚を見殺しにはしない。

「いかがなさいますか。政尚様をお逃がしになられますか。それとも、見せしめに殺しておしまいになられますか」

「殺す？」

梶川の冷徹《れいてつ》な意見に、康治はぎろりと目をむく。政略の果てに政尚を殺すのなら、最初から殺している。

政尚にはもう、薄汚い政略とは異なる世界で暮らさせたかった。他のことはすべて、承和を守るためにこらえてもいい。だが、政尚だけは、別だった。

愛しい者のただ一人を守れずして、なにゆえ生きなくてはならないのか。

政尚一人を守る力なくして、なにが承和の国主か。

「行かせぬ……」

「殿？」

押し殺した呟きをもらす康治を、梶川が訝しげに見上げる。

政尚を、忠政には渡さない。政尚は康治の愛しい男だった。

忠政にだけは渡したくなかった。

「赤垣に知れぬよう、寺の守りを固めよ。国境《くにざかい》に土井《どい》は控えておるな？」

「は、すでにこちらに向かわせております」

「——では、あとは政尚だけだな」

康治はすらりと立ち上がった。

「殿っ！」

梶川が声を荒げる。珍しいことだ、と康治は唇の端を上げた。

慌てることはない。政尚は逃がさない。

「夕餉の刻限だ。政尚とともにする約束をしているからな」

うっすらと笑い、康治は梶川に背を向けた。

「政尚が行かねば、忠政も攻める時を失うだろう。——梶川、政尚は行かせぬぞ」

「……隣室にて控えさせていただきます」

「勝手にいたせ」

政尚は逃がさない。

康治はそう決意を固め、夕餉の席に向かった。


怪《あや》しまれてはならない。

政尚は内心の緊張を隠し、康治との夕餉の席に着いた。いつもどおり、給仕をするやすがいるだけで他に人はいない。

そのやすも、ひととおり膳《ぜん》を運べば、下がってしまう。

室内には、康治と政尚だけだった。

隠し事をしているせいだろうか。空気がひりついて感じられる。

だが、康治を見上げるといつものように機嫌よく微笑んでいて、気づかれた気配はなかった。

「干し柿を食べて、腹がいっぱいになってはいないか？」

やさしく気遣われる。

干し柿のせいではなく、緊張から、政尚は食事を飲み込むのが難しかった。

いっそのこと、干し柿のせいにしてしまおうか。

強張りそうになる頬をなんとか笑みの形に動かし、政尚は答える。

「そうかもしれません。やっぱりやめておいたほうがよかったでしょうか」

「体調は悪くないか」

箸を置き、康治が側にくる。頬に触れ、それから、額に手を当ててきた。

「熱はないようだな」

「大丈夫です」

「……そうか」

ふいに、康治に抱き寄せられた。

「あ……！」

二人きりなのだから、よいだろう。そう思い、政尚は身体から力を抜いた。それに、康治もこれ以上のことはしてこないだろう。

思ったとおり、康治はじっと政尚を抱きしめたままでいる。身体は熱かったが、無体を強いることはない。

康治はそういう男だった。だから、胸が痛むのだ。

政尚は眼差しを伏せた。もうこれが、最後の抱擁になるのかもしれない。

そう感じられ、つい、自分のほうからも康治の背を抱きしめてしまう。

「松寿……」

呼び名が、閨の時のものに変わった。

抱きしめた腕が震えた気がした。

「……今宵、私の寝間に来ぬか？」

押し殺した囁きに、政尚の身体がびくりと震えた。

今宵……。

まさか、まだ承和への帰国の途上であるのに求められることがあるとは思わず、政尚は焦った。

他の夜ならばともかく、今宵は困る。

「それは……。明日、馬に乗れなくなってしまいます」

旅の途中の情交は身にこたえると、伝えてみる。

これで康治は引き下がるはずだった。

だが、抱きしめる腕は離れない。

「どうしても……今宵、おまえが欲しい」

「康治様……」

「藤次郎だ。藤次郎と言ってくれ、松寿」

顔を上げた政尚に、康治が請うように言ってくる。

まるで、最初にせがんだ時のようだった。

逆らわず、政尚は康治を藤次郎と呼ぶことにした。

今は、兄の下へ忍んでいくために、寝間への招きをなんとかして断る必要があった。

「藤次郎様……お許しください」

困り果てたように、目を伏せる。わかったと言ってくれないだろうか。

だが、伏せた眼差しを、康治が覗き込んでくる。

「どうしてもだ。今宵、どうしてもおまえが欲しい。おまえは私を……選んではくれないのか？」

「え……」

選ぶとは、あまりにおかしな言い方だ。今までに、政尚が身体を許したのは康治だけ。選ぶも選ばないもない。

もしや——。

政尚ははっとした。もしや、今宵のことを康治は知っているのか。それで閨をねだっているのか。

いいや、まさか。

政尚の鼓動が、急に速まる。知られているはずがない。知られてなるものか。

だがもし、康治が知っていたら――。

兄は待ち伏せされることになる。

知らせなくては。

政尚は、なんとか康治を押し戻そうとした。

「お……放しください。気分が悪くなりました。部屋に戻ります」

「駄目だ」

「放して……っ」

抵抗すると、ますます強く抱きしめられる。逃がすまいとする強さで、康治は政尚を拘束してきた。

「ここにいろ。私を選べ！　私では駄目なのか？　まだ情は移らぬか」

見上げると、泣きそうな顔をして康治は政尚を見つめていた。


――ああ……。

胸だけではない。政尚の全身が、痛みを感じた。

こんなに必死になって、康治は政尚を求めている。

なぜ、自分はそれに応えられないのか。

応えては駄目だと、政尚は歯を食いしばった。応えられる身ではない。どんなに応えたいと思っても、自分は康治のものではなく、退紅の人間だった。退紅のためにしか働けない。働いてはいけないのだ。

しかし、康治が切々と、政尚に訴えかけてくる。深い感情のこもった声に、政尚の鼓動が速まった。

どうしてこれに応えられないのだろう。

康治が請い願う眼差しで、政尚の目を見つめている。

「私と一緒に承和に来てくれ、松寿。もう一度、二人で遊ぼう。承和に来れば、新九郎もいる。覚えているか？」

「覚えて……おりまする……」

新九郎と藤次郎と松寿と、三人でともに遊んだ幼い日々を、政尚も忘れたことはない。あんなふうに無邪気に遊んでくれたのは、退紅の兄弟には一人もいなかった。康治たちだけだ。

子供のままでいてよいのだと、初めて思えた相手が康治だった。その弟新九郎と三人で、どれだけ楽しい時間を過ごしたことだろうか。

けれど、自分はもう頑是《がんぜ》無《な》い子供ではない。松寿と呼ばれた童子ではなく、政尚と名を変えた大人だった。

子供の日々を選ぶことはできない。

政尚は引きつりそうになる頬を励《はげ》まし、微笑んだ。

「承和には……こうしてともに向かっているではありませんか。なにを仰せになっているのです。私はあなたの囚人で、どこへも行くところなどありません。お手をお放しくださいませ。気分が悪いのです。休ませてください」

「……私を選んでくれぬか。それほど、忠政の下に行きたいか」

呻くような康治の言葉に、政尚は目を見開いた。

今なんと、康治は言ったのか。

「藤次郎様……」

政尚は息を呑んだ。耳に聞こえたのは間違いなく、兄の名だった。

やはり康治は兄のことを知っていたのだ。だから、こんなに必死になって、政尚を止めようとしていたのだ。

今、自分がどんな選択を迫られているのか、政尚はまざまざと悟らされた。

兄を取るか。康治を取るのか。

その選択を、康治は政尚に求めているのだ。そして、兄ではなく自分を選んでほしい、と。

政尚は言葉もなく、じっと康治を見つめていた。きりりとした眼差し、政尚を支える逞しい腕。この男に頼れば、この先どんな苦難からも守ってもらえる。兄のように、政尚を不安になどさせないだろう。そう思えた。

康治の手を取ることができたなら、どんなにいいだろうか。だが。

――……できない。

政尚にはできなかった。兄ではなく、康治を選ぶことはできない。政尚は、高津家の人間なのだ。康治とともにはいられない。高津家の者としての責任を捨てることなどできなかった。

たとえどんなに康治の手を取りたいと思っていても。

「行かせぬ……」

抱きしめる腕が痛かった。強い力で、康治は政尚を摑んでいる。低められた声には、今まで聞いたことのない激情がこめられていた。

「藤次郎様……？」

なにかが、いつもの康治と違う。政尚は訝しげに康治を見つめた。

激情の故にか、康治の目が血走っている。

――逃げなくては……。

本能的な恐怖が、政尚の内側から込み上げてきた。いつもの康治とは違う。逃げるべきだ。

政尚は康治の腕を振り払い、逃げ出そうとした。だが、強く腕を引き戻され、苦しいほどに抱き竦められる。

「――行かせぬ」

「藤次郎様、お放しください。どうか、お放しくださいませ……っ」

政尚を捕らえる腕が熱い。押し殺した声はいつものやさしい康治ではなく、激情に駆られた雄のものだった。

――怖い……。

康治が怖かった。今まで、一度も怖いと思ったことのない康治が、今はなによりも恐ろしく感じられた。

「放してください！」

「駄目だ……っ」

「……あぁっ！」

無理やり、板の間に押し倒される。

したたかに背中を打ちつけ、政尚は息が止まりそうになった。こんな乱暴をされたのは、初めてだ。それだけ、自分の選択は康治を怒らせたに違いない。

当たり前だった。再会して以降、康治は常にやさしかった。幼い頃を懐かしみ、政尚への想いを大事な宝物のように口にし、最初から裏切るつもりであった政尚に常に真摯《しんし》に応じてくれていた。

その想いを裏切ったのは政尚だ。

「藤次郎……」

初めて、康治を呼ぶ言葉から敬称が抜けた。大国承和の国主は、政尚の中ではいつでも、幼い頃の友・藤次郎だった。その藤次郎を、裏切る自分を許してほしい。

政尚の身体から、抵抗しようとする意思が抜け落ちた。与えられるものは、今一時のこの身体しかない。怒りのままに康治が政尚を嬲るというのなら、裏切りの代償《だいしょう》に、好きにしてくれればよかった。

抵抗しない政尚に、康治が伸しかかってくる。鍛え上げられた武将の身体の重さを、政尚は黙って受け入れようとした。

康治は怒りと、どこか悲しそうな眼差しで政尚を見下ろしていた。政尚はぐっと奥歯を噛みしめ、己の罪の証をじっと見つめた。

搾り出すような呻きを、康治が洩らす。

「抵抗せぬのだな。私を憐《あわ》れんでいるのか？　憐れみなど欲しくはない。私が欲しいのは、おまえ自身なんだ。離れている間も、ずっとずっとおまえを愛しいと思ってきた。いつか、おまえをこの手に抱くことだけが、私の唯一の望みだった。それすら、おまえは私に許さぬと言うのか……」

「藤次郎……私は……」

どう伝えたらいいのだろう。康治も政尚も、思いのままに生きられぬ身だった。どんなに康治とともにありたいと思っても、政尚にそれは許されない。

政尚自身であることよりも先に、政尚は退紅の国主一族の男だった。たとえ、病がちの身で武将として働けなくとも、その責任から逃れられるとは思えない。

康治と兄を秤《はかり》にかけるのではない。康治と退紅を、秤にかけているのだ。

退紅という故郷、退紅に住む民人のために、政尚は生きなくてはならなかった。

「私は、退紅の人間だ。そこから逃れることはできない。女子ではないのだ。己のことだけ考えて、おまえの手を取ることはできない」


毅然として、政尚は康治に言い切った。退紅を、故郷を、捨てることなどできない。

政尚のはっきりとした拒絶に、康治が唇を噛みしめる。切なさと、苦しみと、込み上げる感情に、康治自身も己を止められないようだった。いや、止めるつもりがないのか。

「女子ではない……、そうか。私に抱かれたおまえは女子ではないと言うのか。おまえがどれだけ私の女になっているのか、教えてやる」

「藤次郎……っ！」

言い放った康治が、政尚の腰帯を解きだす。緩んだ前をはだけられ、政尚は息を呑んだ。

「藤次……あ……んん、ぅ……っ」

顎を摑まれ、強引に口づけられる。唇を割られ、性急に滑り込んでくる舌に口内を激しく蹂躙《じゅうりん》され、政尚の身体の奥底がぞくりと反応する。

何度も肌を合わせ、いつの間にか、康治の口づけを喜ぶ自分がそこにいた。

「ん……ふ……っ」

舌と舌を絡ませる水音が、室内に淫らに響く。熱い舌に絡めとられてきつく吸われ、政尚は鼻から甘い声を洩らす。

はだけた胸に、康治の手が這った。

「んっ……ぁ」

小さな音を立てて、唇が離れる。互いの唾液に、康治の唇が濡れていた。おそらく、政尚の唇も同じように濡れているだろう。

身の内がぞくりとする。

ふっ、と康治が口角を上げるのが見えた。下肢に、康治の膝が当たっていた。

政尚はかっと頬を赤らめる。政尚のそこは、康治の口づけに反応を示していた。

「感じているな――。おまえは私のものだ。忠政には渡さない。私だけのものだ……松寿」

「藤次郎……あっ」

再び、激しく唇を求められる。こんな口づけひとつで反応してしまう自分を、政尚は認めたくなかった。

たしかに自分から康治に身体を与えていたが、自分は康治の女ではない。女となるために、この身体を与えたのではない。

「放せ……っ、やめ……っ」

康治を押しやり、首を振り、政尚は康治の口づけを拒んだ。だが、あっさりと離れた唇は、そのまま政尚の頬を吸い、顎に這った。

顎から喉元、鎖骨に康治の唇が這う。

「藤次郎……放せ……っ、あっ」

尖《とが》った鎖骨に、軽く歯を立てられた。

走ったのは痛みではない。ぞくりとするような快さだった。

――馬鹿な……。

政尚は慌てた。康治に抱かれるのは、これが初めてではない。それなのに、身体の反応がいつもとは違っていた。

——……なぜ。

肌に吸い痕《あと》を残しながら這う康治の唇が、胸に落ちる。

「あっ……っ！」

ちゅっと吸われ、政尚から思わず高い声が上がる。続けて、ねっとりと口に含まれた。

「藤……次郎……あ、あぁ……んぅ」

さらに淫らな声が上がりそうになり、政尚はとっさに唇を噛みしめた。

政尚の胸の尖りを口にしたまま、康治が笑った。

「こらえずともよいのに。男に愛されて出る、女の声だ」

「ちが……うっ。私は……あうっ」

女ではない。政尚はそう言おうとした。しかし、胸に歯を立てられ、声が上がる。

噛まれたあとの痛む胸に、康治が今度はやさしく舌を這わせてきた。痛みのあとのいたわるような舌の動きに、政尚の身体が震える。

思わず身じろいだ下肢に、康治の膝が触れた。

「……っ」

胸を吸ったり、舐めたりしながら、康治が政尚の下肢に掌を這わせる。緩められた腰紐のせいで開いた隙間から、康治の手が忍び込む。

「あっ……っ」

下帯の上から、性器に手を押し当てられた。

「熱くなっている。胸を吸われるのが気持ちいいだろう、松寿」

嘲るような、康治の声だった。

政尚は唇を噛みしめた。鼻の奥が痛み、涙が滲みそうになるのをぐっとこらえる。こんなふうに、嘲られながら抱かれるのは初めてだった。

いつでも康治は、大切な宝物のように大事に、やさしく政尚を抱いてくれた。どんなに気持ちが逸《はや》っても、雄の欲望をぶつけられるだけの行為はされたことがない。

しかし今、政尚に与えられるのは、康治の嘲りだった。それほどに、自分は康治を傷つけてしまったのだ。

――ずっと大切にしてもらっていたのに……。

その想いを踏みにじったのは、政尚のほうだった。

政尚は拳を握りしめ、口元に当てる。それから、そろそろと膝を立てた。

康治の動きを助けるように、自分から足を開く。

その動きに、康治が一瞬、動きを止めた。

「松寿……」

胸を吸っていた顔を、康治が上げる。怒りとも、蔑《さげす》みともつかない顔を、康治はしていた。

「――身体だけ、好きにさせればいいとでも思ったか」

違う、と政尚は否定したかった。だが否定して、その先にどんな言葉を続けたらいいのだろう。康治の気持ちに応えることもできず、といって、康治を憎むこともできない。

束の間緩みかけた眼差しに、政尚は渾身《こんしん》の力を込めて康治を睨んだ。

「おまえに与えられるのは、この身体だけだ」

「心は……忠政にあるというのか」

政尚はゆっくりと頷いた。兄とは、つまり退紅のことだ。退紅を守りたいから、退紅の国主たる兄を守る。

康治は選ぶ自由が政尚にあるかのように思っているが、政尚にそんな自由などなかった。退紅を選ぶ以外、いかなる選択肢も政尚にはない。

与えられるのは、今一時のこの身体だけ――。

「……くそっ」

引きむしるように、袴を脱がされた。続いて着物を、そして、下帯を剝《は》ぎ取られる。康治の眼下で、政尚は全裸に剝《む》かれた。

「細い身体だ。こんな華奢《きゃしゃ》な身体で、あの男を守るというのか」

「……それでも、できることはある」

繊弱だからと、なにもできぬと侮る康治が間違っている。いくら弱くとも、政尚は女ではない。れっきとした男子であった。

「胸を愛撫《あいぶ》されただけで、ここをこんなに勃たせているくせに――」

「あぅ……っっ！」

性器を無造作に摑まれた。軽く握られて、それだけで甘い痺れが全身に走る。ここが、こんなふうに他人の手を喜ぶだなんて、政尚は知らなかった。康治に抱かれるまでは――。

「おまえが私のものだと、この身体に教えてやる」

低い呟きと同時に、康治が再び、政尚の胸に唇を落としてくる。だがさっきとは違い、胸を口に含みながら、花芯に触れてくる。

軽く握っていた掌を、康治はゆっくりと動かし始めた。

「んんっ……く、っ」

胸と性器を同時に嬲られ、政尚は背筋を引き攣らせる。掌はやさしく、唇は淫らに、政尚を嬲ってきた。

時に、尖った胸に歯を立てられる。かげんされた痛みは、甘い痺れを際立たせる媚薬だった。

「んっ……や……あ、あぁっ」

嚙まれたあとは、殊更やさしく舐められる。片方の乳首が真っ赤に腫《は》れるほど唇で愛され、それから、もう片方に唇が移る。

「……んん、っ」

唇が吸いつき、先端を舌でくすぐられる。

掌はゆったりと、性器を扱く。

と、その手が離れた。床に投げ出されていた政尚の手首を、康治が摑む。

「な……にを……あ、いやだ……っ！」

手首を摑んだ康治が、政尚の手を胸に導く。思う様吸われて濡れている乳首に、自分自身の指を押しつけられる。

最後にひと舐めしてから、康治が顔を上げた。

「こちらは、自分で可愛がるんだ、松寿」

「馬鹿な……っ」

自分で自分を慰めるような真似《まね》、できるはずがなかった。

だが、見下ろしてくる康治の眼差しに、政尚は罵りの言葉を続けられなくなる。

昏《くら》い、苦しげな眼差しだった。

「藤次郎……」

「こうやって、自分で乳首を摘んでみろ。捏《こ》ねたらきっと、気持ちよくなる」

指先を取られ、摘むように強いられる。もう片方の、さっきまで康治が舐《ねぶ》っていた乳首は、康治が摘んできた。

ゆるりと、捏ねられる。

「んっ……ぁ、やめ……」

時に押し潰すように捏ねられ、政尚の下肢が無意識に揺れる。

くっ、と康治が笑った。

「気持ちがいいだろう？　自分でもやってみろ、松寿」

「いやだ……あっ」

胸を摘んだまま動けない政尚の手を、康治が上から包むように取ってくる。摘んだ指の上から捏ねるように、指を動かされた。

「やめ……っ、いやだ……っっ、あぁ、っ」

自分の指と、そして、康治の指に乳首を捏ねられ、

政尚の下肢がひくりと跳ねる。じんとした痺れが胸から下肢に伝い下り、どうしようもなく政尚を感じさせる。

「やっ……ぁ、んっ」

「気持ちよくなっているな、松寿。ああ、蜜が滲んできた。胸を嬲られて、おまえは感じているんだ。男のくせに……」

「違……うっ、あ、あぁ」

反論すると、強く乳首を押し潰《つぶ》される。痛いはずなのに、その反対に、政尚の身体は熱くなる。

先端に滲んだ蜜が、雫《しずく》となって幹を伝い下りるのを感じた。

「胸で……感じている。これでもおまえは男か」

「藤次郎……っ」

辱《はずかし》める言葉に、政尚は泣いてしまいたかった。身体を弄られて喘ぐ自分は、間違いなく康治の女だった。

だが、そんなことは認められない。

「違う……私は男だ……んっ」

「強情だな。では、胸だけで達《たっ》してみようか?」

「な……に……」

言われたことの意味がわからない。

政尚は目を見開いて、康治を見つめた。

康治は冷たく唇の端を上げ、政尚に添えていた手を放した。

「自分で捏ねられないのならそのまま、摘んでいるといい」

「なにを……あっ……あぁっ」

康治が身を屈める。摘んだ乳首の先端を、康治の舌が舐めてきた。

とっさに、政尚は乳首を摘まされた手を放そうとした。しかし、手首をきつく摑まれる。

「やめ……あ、やっ」

自分で胸の先を摘んでいるせいで、乳首の先端が過敏になっている。そこを、康治が舌を尖らせて突いたり、舐めたりしていた。

同時に、もう片方の乳首を康治が指で捏ねたり、指先で撫でたりしてくる。

両方の乳首に別種の感触を与えて、康治が嬲ってきた。

「やめ……いやだ、ぁ……あぁ、っ」

両方の胸を悪戯するのに、肝心の性器には、康治は触れてくれない。舐められたり、捏ねられたりするたびに、政尚の下肢がひくひくと跳ねた。

跳ねるたびに、とろりとした蜜が幹に滴るのを感じる。自分自身が出した樹液にも、政尚は感じさせられていた。

――どうして……っ。

こんなひどい扱いは初めてだった。いつでも康治は、政尚を抱く時は遠慮がちで、政尚を極力苦しめないように抱いてくれていた。

こんな、雄の欲望を見せつけるような抱き方は初めてだ。

ちろちろと乳首の先を舐められながら、きゅっと胸を抓《つね》られる。

政尚の背筋が耐え切れず、仰《の》け反《ぞ》った。

「いや……いやだ……やっ――……っっ！」

下肢がいやらしく揺れたと思った瞬間、花芯から蜜が迸った。

胸への愛撫だけで、政尚は達してしまったのだ。

「はぁ……はぁ……はぁ……」

荒い息遣いが、室内に満ちる。それは、政尚から零れ落ちる音だった。

「――胸だけで達したな」

「っ……藤次郎……」

信じられない思いで、政尚は康治を見上げた。昏く、口元を歪ませた康治が、頭上から政尚を見下ろしているのが見えた。

腹から胸に飛び散った蜜を、康治が拭《ぬぐ》い取るのが見える。それを、康治が口に含むのも。

「藤次郎……」

「甘いな、おまえの蜜は。いつもそう思ってきた。愛しいから……おまえの出したものはなんでも芳《かぐわ》しく感じる。——美味い」

「……やめろ。そんなもの舐めるな」

「なぜ？　なにもかもが愛しいと言っただろう？　全部、舐めてやる」

「やめ……っ、あぁっ」

胸に、腹に、康治の舌が這う。政尚が出したものをすべて、康治の舌が舐め取っていく。

肌を康治の舌が這う、その動きだけで、政尚の身体に再び熱が灯《とも》っていく。どうしようもなく、全身が過敏になっていた。

——どうして……。

自分の身体がどうなってしまったのか、政尚にもわからなかった。

「……また、感じているな」

舌が下肢に到達し、康治がほくそ笑む声が聞こえてくる。胸を、腹を舐められ、政尚の下肢で再び性器が実り始めていた。

「気持ちよさそうだ」

「やめ……っ、藤次郎！」

かつて、苦しいだろうと言った体勢を、康治は政尚に強いてきた。大きく足を開かれ、膝裏から身体を折り曲げられる。

苦しさに、政尚は喘いだ。だがその喘ぎは、すぐに甘さに変わる。

「や……め……っ、あっ……あぁ、んっ」

押し広げられた下肢で震えている花芯を、いきなり口に含まれたのだ。

そこを口に含まれるのは初めてではない。何度も同じようにして、康治に舐められてきた。だが、今日のようにではない。

「やっ……あ、あ……あぁ、っ」

窄めた唇に扱くように幹を含まれ、舌を絡ませられる。ねっとりと舐められながら、花芯が唇から引き出される。

こんな吸いつくような愛撫は、初めてだった。先端までいくと、今度は舌先で蜜口を突かれる。ちろちろと突かれ、滲んだ蜜を吸い取られ、また口の中に含まれていく。

何度もそれを繰り返され、政尚の熱が急激に上がっていく。

——さっき、達したばかりなのに……。

自分の身体がこんなに簡単に反応するのが信じられなかった。続けざまの悦楽に、胸が激しく波打っている。

苦しいのに、与えられる甘い快楽に声を押さえられない。

「あ、あ、あ……あぁ……っっ、ひっ」

高い声を上げていた政尚の声が裏返った。

康治が、今にも達してしまいそうだった政尚の花芯の根元を縛めたのだ。

「まだだ、松寿。本当に感じやすいのだな。これでも男だと言い張るのか」

「当……たり前だ。こんなこと……んんっ」

根元を縛めたまま、康治が性器を舌で何度も舐める。ざらついた舌で幹を愛撫され、こらえたいのに下肢が揺れてしまう。

まるで康治を求めるような動きに、政尚は唇を噛みしめた。

自分は康治の女ではない。たとえどれだけ抱かれても、女にはなれなかった。

舌がまた先端まで舐め上がり、それから、ゆっくりと下に伝い下りていく。

また上がるのかと、政尚は身構えた。どれだけ、康治からの責め苦を辛抱したら解放してもらえるのだろう。抱きたいのなら、さっさと抱いてしまえばいいのに。

しかし、康治の舌は上がらなかった。そのまま、さらに下がったのだ。

「藤……次郎……っ」

蜜を蓄《たくわ》えた双玉をしゃぶられる。ちゅっと吸われ、政尚の下肢がひくつく。

さらに舌が這っていく。

「藤次郎……やっ……やめ……ぁぁ」

ひくついていたのは、身体だけではなかった。何度も康治を受け入れていた蕾が、蹂躙をねだるように襞を開閉させていた。

そこに、康治の舌が這っていく。ひくつく蕾を、康治が愛しげに舐めてくる。

繋がるために、康治が必ず舐めてくる場所だった。舌を感じた瞬間、政尚の身体がぐずりと蕩ける。

「ん……あ、あぁ……」

「柔らかい、松寿。このまま、舌が入ってしまいそうだ」

「あ……やっ」

ひくついている蕾に、康治の舌先が侵入してくる。身体の内側に康治の熱い舌を感じ、政尚の声が上擦った。

「こ……こんなこと……あ、あぁ……っ」

襞を、康治に無理やり開かれるのではない。政尚が自ら、康治に身体を開いていた。侵入する舌に、嬉しげに襞が震える。

無理やりされているのに、どうしてこんな反応を返してしまうのだろう。

わかっている。康治が触れているからだ。康治に触れられることを、政尚が悦んでいるからだ。

「んっ、んっ、んっ……ふ」

花芯の根元を戒めていた手が離れる。その指がどこに向かっているのか、政尚にもうっすらとわかる。

「あっ……んぅ」

政尚の蜜に塗《まみ》れた指が、舌の代わりにもっと深みまで、政尚の中に入っていく。指の侵入する動きに、戒めを解かれた政尚の花芯がぴくぴくと揺れた。

だが、静かな侵入に、達することはできない。

最奥まで挿れられ、政尚は震える吐息を吐き出す。そろりと中を撫でられ、性器から蜜が一滴流れた。

「藤……次郎……」

下肢が揺れそうになるのを、康治に押さえつけられる。

「まだだ。おまえが私の女だと証明してやると言っただろう？　欲しいと言ったら、解放してやる」

「解放……？　あ……あぁっ」

ゆっくりと指が引き出され、次には二本に揃えた指を挿れられた。だが、刺激に下肢が跳ね上がりそうになると、指の動きが止まる。


政尚が落ち着くと、また指が蠢きだす。

「ここに……私が欲しいだろう？ひくついて、指を食いしめている。」

「んっ……藤次郎……誰が……」

康治が求めているものがなにか、政尚にもわかった。抱いてほしいと、政尚が口にするのを康治は待っているのだ。

じりじりと指が最奥まで侵入し、敏感な肉襞をそろそろと撫でる。もっと激しく擦ってほしくて、政尚の中が侵入する指を食いしめる。

——ひどい……。

だが、そのひどいことを言わせているのは、政尚だった。康治を選ぶと一言言えば、康治はきっとすぐにいつもの康治に戻るだろう。いつものように、やさしく政尚を抱きしめる。

——……言えない。

たとえどれだけ康治に責められても、それだけは言えない言葉だった。

どこから、自分たちはこんなに擦れ違ってしまったのだろう。康治はもちろん、政尚だって、康治を嫌ってはいないのだ。むしろ、その反対で……。

しかし、これは許されない感情だった。康治は退紅の敵、承和の国主だった。康治を求めることは、政尚には罪だった。

「欲しければ……挿れればいいだろう。おまえだって、私を抱きたいくせに……」

「まだ強情を張るつもりか」

康治が忌々《いまいま》しげに舌打ちする。だが、政尚を見下ろす眼差しは切なげだった。

政尚も、康治を睨んでいるつもりだったが、康治の目に自分はどう映っているのだろう。もしや、縋る想いが透けて見えてはいないだろうか。

身体の内側で、康治の指がゆったりと動いている。政尚が達しそうになると動きを止め、落ち着くとまた蠢きだし、絶頂の際を何度も政尚に味わわせてくる。

自分たちはなにをしているのだろう。立場だけでなく心までも康治と離れてしまえたら、こんなに苦しくはない。

絶対に心を許してはいけない相手だから、こんなにつらいのだ。

どうして兄は、承和を裏切って、朱華と組んでしまったのだろう。退紅が、ずっと承和とともにあったなら、今こうして康治の気持ちを無碍にすることもなかった。

いいや――いいや、それでも、自分が康治の手を取ることはない。それこそ、政尚が女でなければ、康治のものとなることはできなかった。

どこの世界に、元服したあとまで男に身体を与える男がいるだろう。ましてや政尚は退紅の国主一族の男子で、そんな恥知らずな立場など許されない。

心がどれだけ康治を求めていても、最初から康治と政尚はともにいられぬ間柄なのだ。

——もしも、自分が女であれば……。

どうあっても、自分の想いを言葉にすることはできない。

ならばもし……もし、政尚が女であったなら——。

呼吸を震わせながら、政尚は康治に手を指し伸ばした。

「藤次郎……」

ひくつく後孔は指を食いしめ、さらにもっと充溢したものを求めている。

抱かれることを望んでいる今の政尚は——今だけは女でありたいと思った。

女であれば、康治と結ばれる。

「藤次郎……どうか……」

「私が欲しいか？」

康治がじっと、政尚を見つめてくる。

請い願う眼差しに、政尚はゆっくりと頷いた。

——今だけ……この瞬間だけ、私は女子になる。

藤次郎にだけの女子になる。

伸ばした手に、政尚の足を押し広げていた康治の手が伸ばされる。指と指を絡ませるように、二人は手を握り合った。

「欲しい。だから、どうか……」

「松寿……！」

後孔から指が引き抜かれる。押し開かれていた足を、政尚は自分からも康治を求めて大きく広げた。

康治の指で柔らかく綻んだ蕾に、逞しい怒張が押し当てられる。そして、ゆっくりと後孔を開かれた。

「んっ……く、ぅぅ」

「松寿……私の松寿……」

ぎゅっと抱きしめられ、身体の奥深くに康治の雄が侵入してくる。熱く、漲《みなぎ》った怒張だった。

何度か腰を使いながら、康治の怒張がすべて体内に納められる。深々と貫かれて、政尚から充足したため息が零れ落ちた。

　身体の奥深くまで康治がいる。政尚のすべてが、康治のものになっていた。

　前から貫かれるのは苦しいと康治は言っていたが、政尚に苦痛はなかった。苦痛よりも、康治を抱きしめられる喜びのほうがずっと大きい。

　――今だけ……。今だけは、私は康治の女だ。女ならば、康治の側にいられる。

　もっと深く繋がりたくて、政尚は康治の腰に足を絡ませた。苦しいほどに、康治の怒張を最奥まで頬張る。

「松寿……」

　求める動きに、康治が愛しげに政尚の頬を撫でてきた。今だけはの想いを込めて、政尚も康治を見つめた。

　己に許せるのは、今この時だけだ。ずっと康治の下にはいられないから、今この時だけ、自分のすべてを康治に捧げる。

　自分が高津政尚ではなく、ただの松寿でいられたら……。

　いいや、今はそれを考えまい。今だけは、自分は高津家の男子でも、退紅に対する責任も持たない、ただの松寿だ。

　康治を求める、ただの松寿だ。

「動くぞ」

　呼気を荒げながら、康治が囁く。汗ばんだ額を撫でる手が、この上なく嬉しかった。

「……はい」

　じっと康治を見つめて、政尚は頷く。いつものようなやさしい交情はいらなかった。激しく、康治に求められたい。

　最初は試すようにゆったりと、康治が動き出す。充溢した雄が政尚の肉襞を抉り、突き上げる。

政尚もそれに、羞恥を捨て置いて応えた。

「あ、あ、ぁ——……っ、ぁ、ぁ、あぁっ」

突き上げられるたびに、康治の肌に花芯を擦られ、そこからも快楽が湧き上がる。口づけにも、政尚は自分から口を開いて応えた。

今だけは、自分は康治のもの。

「藤次郎、あ……も、っ……」

雄を咥《くわ》え込んだ媚肉が、ひくひくと蠕動《ぜんどう》するのを政尚は感じた。突き刺すような悦楽に、頭がどうかなりそうになる。

「松寿、私のものだ……くっ」

政尚の絶頂を悟った康治に、激しく中を抉られた。

「ひぅ……——っっ!」

声が裏返り、全身が硬直する。こんなに激しい悦びを、政尚は感じたことがなかった。

頭の中が真っ白になり、なにかが爆発するのを感じる。

「……松寿!」

身体の内側で康治の雄が弾ける。ほとんど同時に、政尚の花芯も樹液を迸らせていた。

熱い蜜液を浴びて、政尚の肛壁《こうへき》が味わうように蠕動しているのがわかる。蜜を吐き出した下肢もまだ揺れて、熱い雫を洩らし続けた。

それは、放出する間だけの束の間の絶頂ではなかった。

政尚の全身が蕩けていた。

——感じている……。

康治の熱さに、政尚は今までにないほど感じていた。これほどに康治を近くに感じたことはない。今ほど、康治とひとつになれたと思えたこともなかった。

身体を繋げる真の意味を、政尚は感じ取っていた。これが、愛しい人と身体を重ねるということなのだ。こんなに深く、感じ合うということなのだ。

だが、今だけだ。どんなに康治を愛しく思っても、離れたくないと思っても、政尚はこの手を取ることはできない。

応えられない自分に、政尚は声もなく涙を流した。

「松寿……好きだ。おまえが好きだ。ずっと私の側にいてくれ。おまえだけが欲しいんだ」

互いの蜜に塗れながら抱きしめ合い、康治が何度も同じ囁きを政尚に告げる。どれだけ政尚を愛しく思っているのか、どれほど無二の人と思っているのか伝わってくる、熱い囁きだった。

だが、応えられない。

「藤次郎……んっ……もう一度……」

応える代わりに、政尚は今再びの交わりを、康治に求めた。政尚がただの松寿でいられるのは、今だけだった。

今しか、康治を求められない。

「松寿、いいのか？」

求める政尚に激情が治まったのか、康治が案じるように訊いてくる。

政尚はこくりと頷いた。全身に、康治を刻みこんでおきたかった。

あとできっと後悔することはわかっていたが、自分でも止められない。誰かを愛しむ心は、今日のこれが最後だった。

「松寿……すまぬ」

康治も止められないのだろう。いつもなら、一度の交わりで終わる交情を再開してしまう。

終わったばかりの体内で、康治が逞しくなる。ゆっくりと動き出し、政尚は全身で康治に縋りついた。

苦しくて、苦しくて……それでも、政尚は康治を選べない。選んではいけない。

これは、政尚の最後の我が儘だった。

愛しいと思うことは、政尚にとって罪だから、代わりに身体で、中の雄蕊を食いしめる。逞しい康治の欲望に、達したはずの自身の花芯もひくりと反応する。

抉られて、突かれて、下肢が勝手に揺れた。

「あ……あぁっ」

「松寿……松寿……」

熱に浮かされたように、康治が政尚の名を呼ぶ。好きだと、大切だと何度も囁きながら、康治は政尚を抱き続けた。

首筋から胸に、唇を這わされる。乳首がぷくりと勃ち上がっていた。

政尚を抱きながら、康治が乳首を舐める。口に含まれて吸われ、政尚は泣くような声を上げる。

「あ……あぁ……藤次郎……んぅ、っ」

よくてよくてたまらなかった。

足がまた求めるように、康治の腰に回されていた。

抱いているのは、藤次郎なのか、康治なのか。もうどちらなのかわからなかった。


政尚が応えられるのは、今この時だけだった。今が終わったら、政尚は松寿から高津政尚に戻らなければならない。

——許してほしい……。

こんなに愛しく思ってくれる康治に応えられない自分を、どうか許してほしい。

どろどろの中にまた樹液を放たれ、政尚は甘い声を放つ。

「あ、あぁ……ん、ぅ」

康治を抱きしめながら自身も蜜を放ち、政尚は限界まで康治に抱かれた。


やすの啜《すす》り泣く声で、政尚は気がついた。

身体の節々がひどく痛んだ。特に、間断なく康治を受け入れた部分がひどい。まだ康治を含んでいるような違和感と、疼痛《とうつう》があった。

身体も熱っぽい。実際、熱があるのだろう。呼吸が苦しかった。

気を失っている間に、身体は清められているようだった。着ているものは寝衣で、横になっているのも夜具だ。

「やす……」

擦れた声で、政尚はやすを呼んだ。声を出して気づいたが、叫びすぎたせいで、喉も痛んだ。

「はい……はい、政尚様！」

泣いていたやすが、はっとした様子で枕元に馳《は》せ参ずる。

「やす……今は何刻《なんどき》だ」

「五つ半にございます」

「……まだ間に合うだろうか」

もうとっくに、寺を抜け出している頃合いだ。このままここにいれば、攻め入ってくる兄の軍勢と鉢合わせてしまう。

「梶川様が、外に見張りを立てております」

「……そうか」

押し殺した声で囁くやすに、政尚は片頬で笑った。

逃げられぬどころか、兄の襲撃を康治は予測しているのだ。

「やす、なんとか赤垣にでも連絡を頼めぬか」

赤垣だけでもこの寺を抜け出させて、知られていることを兄に伝えるのだ。そうすれば、少なくともこれ以上の損害を受けることは免《まぬか》れる。

そう思案する政尚に、やすが囁いた。

「赤垣殿ならば、一足先に抜け出されました。ことのしだいは、赤垣殿の口から殿にお知らせになられるはず」

「では……！」

政尚の顔に喜色が上る。

やすは力強く頷いた。

「殿も、今宵の襲撃はお諦めになられるでしょう。

大丈夫です、政尚様」

「……よかった」

目を閉じ、政尚は呟いた。兄が無事ならば、この身がどうなろうとよいのだ。

しかし、赤垣はよく抜け出せたものだ。

疑問を口にすると、やすが政尚を元気づけようと思ったのか、笑い混じりに答える。

「はしっこい方ですもの。いち早く異変を悟られたのですわ。ですから、赤垣殿のことはご案じなされますな。それより、ご自身のことを……」

そう言って、目を潤ませる。

「おまえは責められなかったのか？」

赤垣が怪しまれたのなら、やすとて危ういはずだ。

やすは首を振った。

「政尚様のお世話をする者が必要だからと、許されました。ですが、もう自由には動けません」

「では、我らは本当の囚われ人になったのだな」

やすを見つめ、それから、政尚は天井に眼差しを動かした。

兄の身は、これでよい。

次に案じるのは、我が身のことだ。政尚のことなどかまわず、兄が隙を見て攻めてくれたらよいのだが、と政尚は思った。退紅のために死ねるのなら、政尚にも悔いはない。

だがもし、兄が政尚の身を過度に案じるのならば、政尚は兄の足枷《あしかせ》になる。

兄は、政尚を見捨てられるだろうか。

じっと天井を見つめ、政尚は目を閉じた。

兄は自分を見捨てない。見捨てられない。

兄には渡さぬと康治は言ったが、そういうわけにはいかなかった。

「やす……逃げるぞ」

「政尚様、ですが……！」

やすの顔が青褪める。赤垣もなく、見張りもつけられた中でどう逃げるのか。逃げられはしない。

だが、政尚は無理に身体を起こした。

「逃げるのだ。私が逃げねば、兄は動けない。動いてくれればよいのにな……」

「政尚様……」

忠政が動かないことを、やすもわかっているようだった。

ごくりと唾を飲み込み、覚悟を決めたように頷く。

「馬を手に入れねばなりません。歩きでは無理です」

「ああ、そうだな。……見張りがいるならば、床板を剝がして、この部屋から抜け出そう。それから、馬を盗む」

ほかに手立てはない。

「馬が騒がないでしょうか」

「私にならば、馬も慣れているだろう。今日まで私が乗ってきた馬を連れ出す。これならどうだ」

自分でも思案したのか、やすも頷く。逃げる機会は、今夜を逃せばないかもしれない。なにより、忠政たちの居所がわからなくなる。

「やってみましょう。まず、床板を剝がしてみなくては」

「すまない、やす。頼む」

際限なく抱かれ、いまだ痛みの癒えぬ政尚は身動きできない。いやそれより、逃亡のための力を蓄えておくほうが優先だった。

「お任せくださいませ、政尚様」

やすが力強く頷く。

政尚も頷きを返し、身体から力を抜いた。目を閉じて、力の回復に努める。

——すまぬ、康治殿。

狂おしいまでに自分を抱いていた康治に、政尚は声に出さず謝った。どれだけ自分が康治に大事に想われているか、政尚にもわかっている。それでも、自分が選ぶのは康治ではなく兄だった。高津家だった。

それが、武家の家に生まれた者の務めだからだ。

――康治を選べぬ自分を許してほしい。

政尚は滲む涙を、歯を食いしばってこらえた。胸が切なく痛んだ。


それからしばらくして、政尚とやすは床下にいた。思わず出そうになる呻き声を、政尚は布を噛んでこらえる。

四つん這いになって、やすに導かれながら、政尚は人気のない場所で床下から這い出た。

よろめきながら、馬を休ませているところまで向かおうとする。

しかし、その途上、寺の周囲を軍勢が取り囲んでいるのに気がついた。

「やす……」

ひそやかに、やすの手を摑む。やすも軍勢に気がついたようだった。

馬に乗っていけば、見咎《みとが》められるかもしれない。ましてや政尚は寝衣に羽織を羽織っただけの姿だった。

逃げるのは無理だろうか。

いや、諦めるわけにはいかない。軍勢は、隙間なく寺を守っているわけではない。馬では無理でも、人の足ならば、すり抜けられる場所はある。

「お戻りになったほうが……」

迷うやすに、政尚は首を振った。

「いや、行けるところまで行こう。だが、途中でどこか身を隠せる場所を探すのだ。そこで承和軍をやり過ごして、兄上の下に向かおう」

「……わかりました」

やすも覚悟を決める。今晩を逃しては、承和領内に入ってしまう。そうなったら、逃げるのは容易ではなかった。

息を殺し、二人は寺を忍び出た。田舎の古い寺だったのが幸いして、塀は頑健なものではない。ところどころには、穴も開いていた。その穴のひとつから、外に出た。

それからは、人の気配がすれば草木に身を隠し、闇《やみ》に身を紛《まぎ》らわせて寺から離れた。

できるだけ早く、本陣から離れなくてはならない。いつ康治があの居室にやって来て、政尚がいないと気づかないとは限らなかった。

歩くごとに、熱が上がるようだった。息が荒くなりそうなのを、必死でこらえる。見つかったら、それでおしまいだった。

「政尚様、少し休みましょうか」

「いや、いい。できるだけ進もう」

休んだら、そこでもう動けなくなりそうだ。

気力だけで、政尚は動いていた。

政尚が逃れ、康治は怒るだろうか。きっと怒るだろう。私を選べと、あれほど激しく政尚を抱いてきたのだ。

そして最後には政尚も、まるで受け入れたように、康治に身を許して抱かれた。

康治は誤解しているかもしれない。とうとう政尚が康治を選んでくれたのだ、と。

――許してほしい。どうかどうか、許してほしい。

気を抜いたら、涙が滲みそうだった。康治の眼差し、康治の笑み、政尚を抱きしめる強い腕。そのすべてに縋れたら、どんなに楽だろうか。家のことも、領国のことも、家臣も領民も忘れて、ただ康治だけのことを思えたら、どんなに幸せだろう。

ただこの想いのままに生きられたら。

ぶるりと、政尚は震えた。熱のせいではない。

――私では駄目なのか？　まだ情は移らぬか。

とっくに情は移っていた。あんなに深く思われて、心を頑《かたく》なにしたままではいられない。

今だって、もしも政尚が松寿のままであれば、迷わず康治の手を取りたかった。

康治の想いに包まれた暮らしは、きっと穏《おだ》やかで、政尚の心を安らげただろう。

だが、それは許されない。

政尚はもう松寿ではない。無邪気に遊んだ子供ではない。

正直、兄の下に行くのは躊躇うものがある。兄の、政尚への過ぎたる執着が、怖い。

もしや、しずの子である政尚を跡取りにするために、兄弟や我が子を殺したのかと思うと、兄の執念《しゅうねん》が恐ろしかった。

けれど、選ぶ相手は兄でしかありえなかった。

許せ、松寿と康治は言ったが、許してほしいのは政尚のほうだった。自分を思う康治の手を振りほどくしかない政尚を、どうか許してほしい。


康治が嫌いだから、その手を拒むのではないのだ。

——身体を重ねれば情が移る。

いいや、そうではない。身体を重ねる前から、康治は政尚にとって特別な男だった。

康治——いや、藤次郎は松寿にとって忘れられない相手だった。あんなに屈託なく日々を過ごせたのは、十歳の年のあの一年余りだけだ。なんの緊張もなく、ただ無邪気に甘えられたのも、藤次郎に対してだけだった。

兄は……、兄は政尚を救ってくれたが、手放しで慕える相手ではなかった。

冷たくされたわけではない。その反対で、兄は誰よりも政尚を大切にした。

大切にされすぎて、政尚は怖かった。兄弟や我が子を次々と殺していく兄が、政尚一人には甘いことが、政尚は恐ろしかった。

藤次郎だけだ。藤次郎だけがなんの打算も、駆け引きもなく、ただ純粋に政尚と親しんでくれた。

　だから、出した文が返らぬことに、政尚は傷ついたのだ。傷ついて、別に特別好きでもないと意地を張った。そうしなくては、つらかった。

　政尚にとっては藤次郎との思い出はこの上なく大切なものだったのに、藤次郎にとっては違うのだと思い知らされるようで、つらかった。つらいから、忘れようとした。なんでもないことだと思おうとした。

　けれど、藤次郎は忘れてなどいなかったのだ。政尚をずっと、覚えていた。好きだと言ってくれた。

　十年も、なんの連絡も取れなかったのに――。

　認めることは罪だった。それでも、心までは縛められない。荒い息を噛みしめながら、政尚は康治を想った。

　政尚も――松寿も、ずっと藤次郎が好きだった。

　それは恋とは違ったかもしれないが、触れ合ううちに藤次郎の熱に溶かされ、松寿も藤次郎を好きになった。

　この先恋いうるのは、きっと藤次郎だけだ。藤次郎のようにやさしく、松寿を愛する男はいない。

　だから、許してほしいのは、政尚のほうだった。

　――おまえの手を取れぬ私を、許してほしい、藤次郎。

　今なら、幼名を呼びたがった康治の気持ちがわかる。『康治』では、政尚も自分のいる場所を忘れられない。しかし、藤次郎、松寿なら……。

　すべては幻だ。儚い夢でしかない。

　そこでふと、政尚は気づいた。

　人の夢と書いて、儚いと読む。なるほど、夢が美しいわけだ。

　儚く、容易に叶わぬもの。それが夢だ。

　だから、ひときわ美しい。

　松寿と藤次郎が見た夢も、夢だからこそ儚く、美しい。

そして、けして叶わない
恋がこの身を引き裂いてくれるのなら、恋いうる心だけでも康治の下に残していきたかった。康治を恋いうる心だけ引き離してしまえば、もっと真っ直ぐ兄の下に戻ることができる。こんなに胸が痛みはしない。

いいや、もう忘れなくてはいけない。康治との日々は、幻だったのだ。政尚は康治に身体を許していないし、愛しいなどと思ってもいない。康治は敵で……。

「――……あっ」

闇に躓《つまず》き、政尚は転んだ。

「政尚様……！」

先を行くやすが、慌てて振り返る。駆け寄って、政尚を助け起こそうとした。

「……くっ」

無理して歩いた足がふらつく。腰が萎えて、力が入らなかった。

まだ、さほど遠くまで来ていない。ここで立ち止まっていては、康治に追いつかれてしまう。

「政尚様……」

やすが途方に暮れたように、政尚を見つめている。政尚は懸命に自らを励まして、立ち上がろうとした。

低木ががさついた。

「……やす、逃げろ」

「できません」

政尚の命を拒み、やすが政尚を庇うように立ちふさがる。

もう駄目なのか。

政尚は唇を噛んだ。再び康治の手に捕らえられるのならば、政尚は高津家のために自害しなくてはならない。政尚がいるが故に兄が康治を攻められないのなら、高津家の存続のためには政尚は死ななくてはならなかった。

覚悟を定め、政尚は身体を緊張させた。

「――やす殿、小刀をお納めくだされ」

しかし、聞き覚えのある声に、政尚は目を見開く。まさか――。

茂みが揺れ、男が姿を現す。

やすが唖然《あぜん》としてその名を呼んだ。

「……赤垣殿」

「政尚様、ご無理をなされますな。さ、それがしの背にお乗りくだされ」

膝をつき、赤垣が政尚に背を向ける。背負ってくれようと言っているのだ。

「赤垣、おまえ……」

「殿に叱られ申した。殿は、よほど政尚様が大事なのですな」

俯いて、赤垣が言う。

それでは忠政が、赤垣に戻れと命じたのか。

「馬鹿なことを……」

政尚は呟いた。

「兄上は、なんと馬鹿なことを……」

赤垣ほどの家臣を、わざわざ敵の元に戻すとはどうかしている。

どうかしているが、助かった。

「さ、早くそれがしにお乗りください。ここからしばらく行ったところに、馬を用意しております。そこまでお連れいたします」

「……わかった。礼を申す、赤垣」

やすに手伝われながら、政尚は赤垣の背に乗った。すぐに、力強い背に背負われる。

「やす殿は大丈夫ですな」

「もちろんです」

ほっとしたのか、やすもいつもの気丈さが戻っている。

ついに、政尚は康治の手から逃れた。多大な後悔と、恋と一緒に。


康治が政尚の逃亡に気づいたのは、それから半時ほどあとのことだった。

はずされた床板に、臍を嚙む。

「……逃げたか」

馬鹿なやつめ。

たとえ、政尚が側にいても、康治は忠政を攻め滅ぼす。承和のために、退紅を我が物とすることに変わりはない。

「馬鹿なやつめ……」

呟きを聞くのは、梶川だけだった。

八.

「――兄上!」

忠政は康治がいる田舎寺から二里ほど離れた、古くは名主《みょうしゅ》であった者の住まいを本陣としていた。

赤垣に連れられ、政尚はそこに入った。

「政尚、よう戻った」

忠政が嬉しげに出迎える。しかし、政尚のなりを見て、眉をひそめた。寝衣のまま逃げだした身は、土埃やらで汚れている。

なにより、顔に刻まれた憔悴《しょうすい》の痕がひどかった。

「着替えたほうがよいな。それから、誰ぞ、湯を持て!」

忠政は命じ、政尚の肩を抱くようにして、奥へと誘う。

赤垣から、康治が待ち受けているという知らせを受けていたが、忠政はいまだ臑当《すねあて》をつけ、陣羽織を身につけた格好をしていた。

しかし、政尚を奥の居室に導き、手ずから着替えさせようとしてくる。

「兄上、着替えならばやすが……」

「あの女子も汚れを落としているところだろう。かまわぬ、遠慮いたすな」

羽織ってきたものを脱がせ、忠政が政尚の寝衣の帯に手をかけようとする。

まずい、と政尚は身じろいだ。脱がされれば、康治に抱かれた痕跡が見られてしまう。兄にそれを見られたくなかった。

「では、赤垣をお呼びください。兄上がなさることではありません。赤垣がいなければ、自分でやります」

政尚はなんとか忠政を追いやろうとする。

だが、兄はけして政尚を放そうとしなかった。

「遠慮いたすなと申したであろう」

「ですが……！」

やすの着替えが済むまで、どうにか時間を稼いだほうがいい。今まで感じたことのない危惧《きぐ》を、政尚は感じていた。康治によって、男に愛されることを知ったせいだろうか。

いいや、それだけではないだろう。それのみであれば、兄の手にこんなに不安は感じない。兄の心に危惧など持たなかった。

政尚が康治に抱かれたことを知ったら、兄は――。

血の繋がった兄弟として、ただ怒るだけではない惧《おそ》れを、政尚は感じていた。とにかく、兄にこの身体を見られるのはまずい。

帯を解こうとする兄から身をよじり、政尚は板の間に平伏した。やすが来るまで、時間を稼ぐべきだった。

「政尚？　どうしたのだ」

訝しげな忠政に、政尚は申し訳ありませんと床に頭をつける。

「どうしたのだ。なにを謝ることがある」

忠政は、奇妙なほどにやさしかった。そっと背を撫でられ、政尚の背にじんわりと汗が滲む。

政尚は呻くように口を開いた。

「……虎寿を救うことができませんでした。兄上の、ただ一人の男子でありましたのに」

無念の思いを込めて、兄に謝罪する。どうにもできなかったこととはいえ、むざむざと見殺しにしてしまったことはたしかだった。

――どうか我が子の死を悼《いた》んでほしい。

同時に、そうも思う。もしも、虎寿を悼んでくれるのなら、政尚もまだ兄を信じられる。

――まだ……？

浮かび上がってきた自身の声に、政尚はどきりとした。まだ信じられる、ではない。もちろん政尚は、兄を信じているに決まっている。兄は頼るに足る、退紅の国主だ。なにを不安に思うことがあるのだ。

政尚は自身を厳しく戒めた。兄は、虎寿のことを惜しむに決まっている。そのことで、政尚が責められてもよいのだ。

しかし、忠政はからからと笑った。

「兄上……？」

腹の底がぞくりと震える。

なぜ、兄は笑うのだ。

笑っている忠政を、政尚は信じたくなかった。もしかしたら、と心の奥底では思っていたが、実際に笑う兄の姿を見たくなかった。

兄の顔には、嫡男を失った悲しみは欠片《かけら》も浮かんでいなかった。

「男子なら、ここにおるではないか。言うたであろう。私の嫡男は、おまえだけだ」

平伏する政尚の横に、忠政が膝をつく。呆然と顔を上げた政尚の頬を、忠政がやさしく撫でてきた。

「ですが、兄上……」

虎寿は兄上の子なのです。

政尚はそう言いたかった。だが、なにかが、政尚の声を失わせる。

頬に触れている忠政の手が、撫でるというより、もっとねっとりした動きに変わっていた。

――兄……上……。

兄が自分の中になにを見ているのか。政尚は恐れを感じる。

離れなくては、と故もなく思った。離れるのだ。離れなくては、もっと見たくないものを見てしまう。

だが、身を離そうとするより一瞬早く、兄の目が鋭く光る。

「……それはなんだ」

声が低い。忠政から冷たい怒りが放出される。

「あ……兄上……」

じっと見つめる忠政の目を追い、それが、自分の襟元に据えられていることに、政尚は気づいた。

視線を辿り、自分でも自身の胸元を見る。

「……っ」

政尚は息を呑んだ。いつもはきっちりと隠されているそこが、必死の逃亡のせいで緩んでいる。そこから、鬱血《うっけつ》した痕が見えていた。康治によってつけられた情交の痕跡だ。

慌てて、政尚は襟元をかき合わせた。

「こ、これは……その……」

「誰につけられた」

「兄上……あっ！」

強引に手を払いのけられ、襟元をぐいと開かれる。鬱血した痕だけではない。薄紅《うすくれない》に腫れた胸も露にされる。

「……ここを誰に吸わせた」

「兄上……兄上、おやめください！」

床に押し倒され、夜着の裾を払われる。下帯を、無理やり剝ぎ取られた。

「いやだっ……やめ……っっ！」

「——誰に抱かれた。誰に身体を許したのだ！」

下肢を押し開かれ、後孔に触れられる。そこはまだ激しい情交のためにふっくらと腫れ、交わりの痕を兄に見せつけていた。

始末をされ、今はすっかり乾いた後孔に、忠政が無造作に触れてくる。

「い……痛い……っ」

兄の指が蕾を開き、政尚は痛みに呻いた。

だが、激昂している忠政は、指を抜いてくれない。それどころか、奥まで指を突き入れ、政尚に問いただしてくる。

「誰に抱かれた。何度、ここを許した！」

「おやめください……兄上……っ」

虎寿のことでは笑っていた忠政が、政尚の陵辱《りょうじょく》された痕跡には激怒している。

兄の豹変《ひょうへん》に、政尚は怯えた。今、政尚の肉奥を探っているのは、実の兄の指なのだ。

康治との甘美な行為の名残りが、兄の乱暴に淡雪《あわゆき》のように消えていく。そこに触れていいのは、兄ではない。この世でただ一人、康治だけだ。

政尚の肌が、嫌悪に粟立った。康治以外の人間には触れられたくなかった。

忠政の低い声が聞こえる。

「私の指を食いしめているな……。政尚、何度抱かれた。康治に、何度肌を許した」

「……っ」

忠政が口にした名に、政尚はびくりと身を震わせた。同時に、突き入れられた指を引き入れるように、後孔が窄まる。康治によって教えられた、男に抱かれるための身体の反応だった。

ここを探っていいのは康治だけ。中に侵入していいのは、康治だけだった。

背後で、忠政の怒りの呻きが聞こえる。

「やはりそうか、あの小僧め。よくも、私の政尚を……！」

「あっ……！」

身体から、兄の指が去った。政尚はがくりとくずおれる。何度も激しく抱かれ、その足で逃げてきた身体は、もう限界に達していた。

立ち上がった忠政が、政尚を冷然《れいぜん》と見下ろしている。

「今すぐあの小僧の痕跡を消してやりたいところだが、その前に。まずはあいつを殺してやる」

「兄上……なにを……」

不気味な宣言に、政尚は呆然と忠政を見上げた。

忠政はにやりと笑い、それまで政尚に突き入れていた指を、見せつけるように口に含んだ。

「……っ」

音を立ててしゃぶり、政尚自身を味わうように指を舐める。

そのねっとりとした唇の動きに、政尚の肌が恐怖に粟立つ。忠政の目は、兄が弟を見る目ではなかった。仮に忠政が政尚の父であったとしても、子を見る目でもなかった。

情欲を抱いた相手を見る、男の目だった。

「おまえを清めるのは、戦から戻ってからだ。待っていろ、政尚。あの小僧に犯《や》られた痕跡は、すべて私が消してやる」

「あ……兄上……」

忠政は身を翻し、居室から出て行く。出て行ったとたん、皆に号令をかける声が聞こえてきた。

――痕跡を消す？　清める……？

政尚は混乱したまま、まともにものを考えることができない。

政尚の後孔に突き入れた指を、ねっとりとしゃぶる様子。

そして、兄の自分を見る眼差し。

まさか――。

床についた指が小刻みに震えている。

兄は自分に……いや、しかし、自分は兄の弟だ。それどころか、もしかしたら息子かもしれない。

その政尚を、兄は清める……抱く、というのか。

まさか、ありえない。ありえないが、しかし……。

――私を選んでくれ。忠政の下には行かせぬ。

兄には渡さないと言った、康治の言葉が蘇る。まるで政尚を、兄と争っているかのような切迫した囁きだった。忠政は血の繋がった親族で、枕を交わした相手ではないのに。

しかし、康治の言葉の真の意味を、政尚は悟ろうとしていた。悟りたくはないのに、そうだと思うのも厭わしいのに、あの忠政の目が政尚に逃げることを許さない。

弟の――あるいは、息子かもしれない相手にあのような触れ方をする人間を、なんの危険もない相手とは考えられなかった。また、考えるべきではない。

兄は、自分になにを求めているのか。

急に寒気に襲われ、政尚は自身をきつく抱きしめた。

――康治ではなく兄を選んで、本当によかったのだろうか。

いいや、正しいに決まっている。政尚は、高津家の男子ではないか。お家のために、敵ではなく兄を選ぶのは当然のことだ。

兄はただ、弟が敵将に肌を許したことに、激怒しているだけなのだ。

政尚は無理やり、そう思おうとした。兄がなにより政尚を大事に思うのは、愛しい女の息子だから。あらぬ振る舞いに及んだのは、高津家の男子でありながら、敵に肌を許したから。

それだけ……。きっとそれだけだ。

無理にも自分を納得させようと、政尚は唇をきつく噛みしめていた。

自分の選択は間違っていない。そうでなければ、なんのためにこの胸の痛みを押し殺してまでも、康治から逃げたのか。

――高津家を……退紅を……守るのだ。

政尚は何度も、同じ言葉を自分に言い聞かせていた。

「結城康治を攻めるぞ！　馬を引けっ！」

吠える忠政に、家臣たちは仰天していた。退紅軍が攻め入ることは承和に知られていると、赤垣から知らせが入っているではないか。それなのになお攻め入るとは、尋常ではない。

「殿、いかがされましたか」

「今攻め入っても、承和軍が待ち受けているに相違ございません。どうぞ、お考え直しくださいませ」

口々に、忠政を諫める。

しかし、激昂している忠政は聞き入れなかった。

「退紅を出してしまったら、機会はない。今こそ、結城康治を討ち取るのだ！」

引きとめようとする家臣を振り払い、鎧を着せろと怒鳴る。

怒り狂った様子の忠政を、もはや誰も止められなかった。退紅の国主は、忠政なのだ。

鎧の音を響かせて、忠政たちは出陣した。


「殿、高津忠政が動いたとのことにございます」

物見からの知らせを、梶川が告げる。すでに戦支度を整えていた康治は、やはりと頷いた。

「殿の仰せになるとおりでしたな。我らが承知しているというのに、高津忠政が動くとは」

「動くだろう。頭に血を上らせて、な」

康治は皮肉げに唇の端を上げる。

忠政は動くだろう。政尚に歴然として残る情交の痕跡を見れば、怒り狂うに決まっている。そのことが、康治にはわかっていた。

あの男には昔から、政尚しか目に入っていなかったのだ。

もっともこれは、同じ男に惚れた者同士でしかわからぬことだろう。世の者も、まさか実の兄が弟に惚れるだなどと、考えてもみないはずだ。

しかし、康治は忠政の目を見ていた。十二歳のあの日、あらためて盟約を結ぶために承和に来た忠政を、康治は見ていた。

政尚の具合を伺いに来た忠政が康治を見る目は、元服前の童を見る目ではなかった。男が、同じ男を見る冷徹な眼差しだった。

誰がわからずとも、康治にはわかる。

あの男も、望むものは康治と同じ。政尚だ。

「政尚様の探索は、いかがいたしますか」

梶川が訊いてくる。康治は苦く首を振った。

「いや、もうよい。政尚は、忠政のところにいる」

「そう……ですか？」

梶川が訝しげに聞き返す。康治の想いを知る梶川にも、忠政が弟に抱いている感情はわかっていない。

「そうだ。政尚が手に入ったから、康治は軍を動かしたのだ。必ず私を殺してやると、いきり立っているだろう」

「いきり立つ？　はて、それは……」

梶川が首を傾げる。事情のわからない梶川には、見当がつかないだろう。

「……懸想しているからな」

康治は呟いた。梶川が訝しげに眉をひそめる。

「懸想、とは……？」

「懸想だ。兄の身で、弟に惚れているのだ。いや、惚れるというのはやさしすぎるな。妄執《もうしゅう》に狂っている。政尚自身が愛しいのか、それとも、政尚を産んだしずという女が愛しいのか……。あの男は、政尚と肌を合わせた私を、けして許さないだろう」

康治の答えに、梶川の表情が険しくなる。

「それでは、殿。あのようなひどい有様の政尚様をご覧になれば、高津忠政は激昂するでしょうな。ひどく。——ご存知でやられましたか」

渋い顔だ。しかし、康治は首を振った。そんなつもりで、政尚を抱いたのではない。

自分でも止められなかった。

真実を言えばそれだ。領主として、康治は常に感情を抑えつけていられると自負していたし、実際そう務めてきた。

政尚に対してもそうだ。愛しく思っているからこそ、大事に大事にしたかった。

それがまさか、康治よりも忠政を選んだからといって、あそこまで頭に血が上るとは。

――驚いていたな、政尚も。

驚き、拒み、強情を張り、そして最後には蕩けてみせた。

康治に縋りついてきたあれは、政尚の媚態だったのか？

いいや……そうではあるまい。政尚の心には常に、退紅国主高津家の男としての責任に満ちていたが、人を騙《だま》すために嘘をつけるような男ではなかった。そういうところでは、政尚は正直な子供のままだった。

縋りつく腕は本物だった。もしかしたら、少しは康治のことを思ってくれたのかもしれない。

自分から康治を求める政尚に、康治も我を忘れてしまった。愛しい相手と、互いに求め合いながら身体を繋げる機会など、もうないと思ったからだ。

……そう。もうない、と。

心の奥底では、自分もわかっていたのだ、と康治は自嘲した。もしも、どれほど政尚が康治を思うことがあったとしても、その手が康治を摑むことはないことを、康治もなかばわかっていた。

それは、康治も男で、政尚も男だったからだ。

性別のことを言っているのではない。男子としての務めの重さを言っているのだ。

康治が承和国主としての立場を捨てられないように、政尚も高津政尚である自分を捨てられない。それを捨てろとは、武家の男としての務めを、国主一族の者としての責任を捨てろというに等しいからだ。

しかし、まさか、あの状態で逃げ切ってみせるとは思わなかった。

――わかっているのか、政尚。

心の内で、康治は呟いた。康治にわかっていて、政尚にわかっていないことが一点だけある。

兄忠政の妄執だった。

忠政の想いは、妄執であった。血の繋がった弟か息子か、いずれにせよ、まっとうな感情ではない。康治との文の遣り取りを邪魔するだけではなく、自身の兄弟、我が子まで政尚のために殺害するのは尋常ではなかった。

今一度戻ったがために、忠政の妄執に政尚が気づいてくれたら――。

そこに、康治の付け込む隙があった。

――ずるい男だな、私は。

自分は承和国主としての立場を捨てられないくせに、政尚には高津家の名を捨てさせようとする。承和のためとはいえ、退紅を我が物とし、高津家を滅ぼし、その上そうすることによって愛しい相手まで手に入れようとしている。

なにひとつ手放さない康治は、なにもかもを捨てざるをえない政尚にとって、ずるい男に違いない。


だが、どんなことをしてでも、康治は政尚が欲しかった。

この世で、康治が心から望んだのは、政尚だけだ。その政尚を手に入れるためならば、どんなことでもする。

今度こそ忠政を打ち滅ぼし、政尚をこの手に取り戻すのも平気だった。否やと言っても逃がさない。

いや、これでは忠政と同じか。

康治は苦く唇の端を上げた。閉じ込めたいのではない。自分だけのものにしたいのでもない。

ただ側にいてほしいだけだ。

康治の側で、政尚が健《すこ》やかに過ごしていてくれたら、それでいいのだ。身体も心も手に入れられたらそれ以上の喜びはないが、康治は己の喜びではなく、政尚の喜びを一番に考えたかった。そうでなくては、忠政と同類になる。

忠政では、政尚を欲望の贄《にえ》にするだけだ。

だが、自分は違う。違ってみせる。

今夜は怒りに囚われ、政尚を傷つけてしまったが、もう二度と同じ轍《てつ》は踏まない。

しかし、と沈み込みそうになった思いが、苦笑に変わる。

――あの身体で逃げ切ったか。

抱かれるたびに熱を出す政尚は、いかにもか弱かった。慣れれば、熱を出すことも少なくなったが、翌日はたいそうだるそうだった。

だが、いくら繊弱とはいえ、政尚は紛れもなく男であることを、此度《こたび》は見せつけられた思いだ。いざとなれば、ぼろぼろの身体でも逃亡してみせるくらいの気概が、政尚にはある。

抱いていたのは女ではなく、いくら弱くとも男であったことを、康治はからりとした思いで悟った。

「あんな身体で無理をして、困ったやつだ。だが……、ますます惚れてしまったな。なんとしても助けたいものだ」

「殿……」

諫めるように、梶川が厳しく康治を睨む。

むろん、わかっている。

康治は頷いた。

「承和が優先だ。高津忠政を討つぞ。政尚は……忠政がなんとしても守るだろう」

皮肉なことに、兄弟の情を超えてまで執着しているからこそ、政尚の命は安全だった。なにがあってもあの男は、政尚だけは死なせない。

「――念のため、政尚様を捜すよう、手の者に命じておきます」

梶川は相変わらず渋い顔だ。

しかし、康治は破顔した。

「頼む。――行くぞ、梶川」

梶川は、頼りになる家臣だった。

忠政の本陣で、政尚はじっと板の間にうずくまっていた。兄の出陣のあと、呪縛されたように動けないままだった。

後孔に突き入れた指を、ねっとりと舐めしゃぶる兄の姿が脳裏から離れない。あれは、血縁者のする振る舞いではなかった。

そう思いかける思考を、何度も打ち消す。兄の振る舞いは、兄弟の間にあってはならないことだった。あるはずがない。

「失礼いたします。……まあ、政尚様！」

着替えを終えたやすが、水を持ってやってくる。まだ汚れたままの姿の政尚に、驚きの声を上げた。

「なんということでしょう。政尚様のお世話を誰もせぬだなんて！」

憤慨したように言い、てきぱきと着替えやら、身体を拭く水やらを運んでくる。

「湯の用意ができず、申し訳ありません。冷とうございますが、ご辛抱くださりませ」

言いながら、政尚の手や、足を拭いていく。

その目が、脱ぎ捨てられた下帯に気がついた。

「これは……？」

やすが首を傾げる。なぜ、下帯だけ脱いでいるのか、不思議なのだろう。

政尚もどうごまかしたらよいのかわからない。まだ動揺が激しく、うまく言葉が出なかった。自分でも信じたくないことを、やすにどう説明したらよいというのだろう。

下帯に気づくと同時に、政尚の夜着がはだけられていることにも、やすは不審《ふしん》を感じたようだった。

「誰がこのようなことを……」

裾をはだけられ、胸元を広げられた政尚からは、康治からの乱暴の痕跡がはっきりと見える。

しばらく眉をひそめていたやすが、はっとした。

「まさか……殿が……」

言われたとたん、政尚の手が激しく震え始めた。

やすが息を呑む。政尚の反応が、なにより答えを雄弁に物語っていた。

やすがこくりと唾を飲み込み、己に言い聞かせるように頷いた。

「とにかく、お着替えを。そのままでは、お風邪を召されます。熱はいかがですか?」

やすのやさしい手が、額に押し当てられる。政尚の額はひどく熱かった。

やすがきゅっと唇を引き結ぶ。

それからは無言で、やすは政尚の身体を清め、新しい夜着を着せていく。

着せ終わると、部屋を出て行き、どこからから夜具を運んでくる。

「さ、こちらにお休みくださいませ」

「……あ……兄上は……」

ようやく、政尚は声を震わせながらであったが、言葉を発することができた。

政尚を安心させるためだろう。やすは笑みを浮かべて頷き、

「戦に参られましたよ。じきに、結城様を討って、戻って来られましょう。それまで、政尚様はお休みくださいませ。お身体に障《さわ》りますよ」

そう言って、政尚を支えるように、夜具に横たわらせる。

しかし、政尚は目を閉じることができない。眠っている間に忠政が帰ってきたら、逃げる間もなく身体を『清められる』のではないだろうか。

その恐ろしさに、政尚はまんじりともせず目を開けていた。

枕元にはやすが心配そうに控えている。

おそらくやすは、忠政が、康治に陵辱された政尚に激昂し、それで康治に戦をしかけに行ったと思っ

ているだろう。

半ば当たり、半ば外れていた。

怒った忠政が康治を討つ以外になにを考えているか。やすにはわからない。

そのうち、政尚の身体が瘧《おこり》のように震え始めた。

「お寒いのですか、政尚様」

心配そうに顔を覗き込んでくるやすに、政尚は首を振る。寒いのではない。恐ろしいのだ。兄の考えていることが、怖ろしくてならなかった。どうかしているとしか思えない。

政尚が康治に肌を許したのは、高津家のためだ。その結果、康治に心まで許すようになってしまったが、自分が高津家の人間であることを忘れたことは片時もない。

政尚は、自分が康治を愛しく思っていることを知っていたが、それ故に高津家を裏切るつもりは毛頭なかった。

兄に責められるいわれはない。

だが——。

『清める』という言葉の意味を考えるのが怖ろしかった。

もしも、政尚が考えているとおりであれば、それは神仏をも恐れぬ振る舞いだ。実の兄——あるいは父であるかもしれない人に、この身を『清められる』わけにはいかなかった。

逃げなくては。

遅まきながら、政尚は思った。兄に、罪を犯させるわけにはいかない。血の繋がった者同士で肌を許しあうなど、許されることではない。

それになにより、この身体は康治のものだった。この先、二度と康治に見《まみ》えることはないだろうが、この身体に触れていいのは康治ただ一人だった。

身体に残る康治の痕跡だけが、許されない恋の名残りだ。それを、兄に穢《けが》させはしない。

だが、どうやって逃げたらいい。

混乱する政尚の目の前に、康治の顔が浮かんでくる。

康治の手を取ることができたなら――。

康治は真実、真に政尚を想ってくれる人で、政尚も康治を……。

――しっかりするんだ、政尚。

自己憐憫《じこれんびん》の海に沈みそうになっている自分を、政尚は叱咤《しった》した。康治に助けを求めることなどできない。康治は高津家の敵で、その手を請うなど許されない相手だった。

どんなに康治を好いたとしても、政尚は康治の手を取ることはできない。

高津家のため――。

それを忘れるなど、恥を知る男なら、できることではなかった。

――どうするのがいい。どうすることがもっとも高津家のためになるのか……。

政尚は凍りついたように天井を見つめていた。兄のため、高津家のため、自分はもっともよいと思う道を選ばなくてはならない。

それが、政尚のなすべき道だった。康治を振り捨ててまでも選んだ、政尚の進む道だった。

――康治を恋い慕うのは、気持ちの中でだけのこと。

政尚は硬く唇を嚙みしめた。行動は常に、お家のためでなくてはならなかった。ただ恋に生きられるほど、自分の立場は甘くない。

胸の痛みを押さえつけ、政尚はじっと天井を睨めつけ続けた。高津家のために、退紅のために、政尚は考えねばならなかった。

どうにかして、兄の手を拒まねばならない。

退紅のために、兄に罪を犯させるわけにはいかなかった。

しかし、今の自分の身体ではもう逃げることもできない。退紅のためだけでなく、ただ一度の恋のためにも、この身体を兄から守るべきだった。

恋い慕う人は、この世にただ一人だけだ。それは、兄ではない。

――どうすれば……。

政尚は一心に考え続けた。

板戸を開け、やすが何事か頷いている。

すぐにやすが、政尚に駆け寄ってきた。

「政尚様、申し訳ございません。お起きになってくださいませ」

「どうした、やす」

半ばわかる問いを、政尚はやすにする。不穏《ふおん》なざわめきが、政尚の休んでいる場所にまで伝わってきていた。

これは、戦が勝利に終わったざわめきとは違う。

やすが青褪めた顔で口を開く。

「……負け戦にございます。まもなく殿がここに戻られます。政尚様も、殿とともにお逃げにならなくては」

「わかった」

軋《きし》む身体を、やすに助けられながら起こす。すぐにやすが着替えを持ってきて、政尚に着せた。鎧を着るわけにはいかないため、直垂に袴姿だ。

着替えた頃に、忠政が駆け込んできた。

「行くぞ、政尚!」

答えも聞かず、兄が政尚の腕を掴む。放すまいとするような、きつい手つきだった。

兄は、康治に敵《かな》わなかった。康治は強い。そして、政尚が敵側にいようといまいと、承和の国主としての己の責務を忘れない。

我知らず笑みが、政尚の口元に現れる。

それでいい。政尚も高津家の男として、己の務めを果すまでだ。

高津家の男でしかいられない自分を、康治は許してくれるだろうか。

許してくれるといいのだが、と政尚は思った。

——……いや、これは女々しい思いだ。

男であることを選んだのならば、康治への想いも役目の前には断ち切るべきだった。

もし許されるとしたら、心の奥底だけでひっそりと、康治を偲《しの》ぶのみだ。

恋など……。ああしかし、この兄を選んだのは間違っていなかったのだろうか。政尚に淫らなことをしかけてきた兄。後先も考えず戦をしかけ、家臣を犠牲にした兄を選んで間違いなかったのか。

間違いではない。間違ってはいない。退紅のために、政尚は兄を選んだのだ。兄で間違っていないはずだ。だが……。


手を引かれて外に出ると、幾人かの家臣が見えなくなっていた。討ち死にしたのかもしれない。それとも、兄を逃がすために戦っているのかもしれない。

忠政は家臣たちに頷きもせず、政尚の手を引いて馬を用意させる。

政尚は黙然と、騎乗した。不用意に目を閉じたら、眩暈がしそうだ。身体の不調と、心の不調の二つが、政尚をふらつかせていた。

「行くぞ!」

兄は、政尚だけを見つめている。政尚だけを気にかけているようだった。

——兄が大事なのは、私……。

しかし、それでは退紅の国主とはいえない。兄には退紅の国主として、政尚のことよりも家臣、領民のことを第一に考えてほしかった。

自分の存在は、兄にとってためにならない。退紅のためにも——。

馬にしがみつき、政尚は忠政に続く。あとから、家臣たちもついてきていた。

やすのことが心配であったが、どうやら赤垣がやすを同じ馬に乗せているようだった。

――よかった。

やすだけは女であるため、気にかかっていた。しかし、赤垣がついているのなら、大丈夫だろう。

追っ手を振り払い、馬を駆けさせていく。

このあと、忠政はどうするつもりなのか。

疑問に思っているうちに、朱華との国境近くに来た。闇の中、篝火《かがりび》が見える。朱華に向けて作られた田井城《たいじょう》だった。

忠政はそこに馬を駆け込ませていく。

田井城はばらばらと駆け込んでくる者たちを、次々と収容していった。

「殿っ、ご無事でようございました」

城を守っていた飯尾雅久《まさひさ》が駆け寄ってくる。

飯尾に頷き、忠政は馬から下りた。すぐに政尚に歩み寄り、下りるのを助けようとする。

兄の手を拒み、政尚はふらつきながらも自力で下りた。

「政尚様もご無事でようございました」

飯尾が顔をくしゃくしゃにして喜ぶ。

その飯尾に、忠政は城の防備を固めるよう命じ、政尚の腕を引いて城中に入った。

城とはいえ、実質的には簡単な砦にすぎないから、豪壮《ごうそう》な屋敷があるわけではない。主郭部分に幾つかの館があるだけで、あとは砦となる小高い丘に沿って、柵《さく》と小屋が作られているだけだ。多くの兵は野営するしかない。

しかし、小さいながらも朱華との守りのために作られた城のため、堅牢《けんろう》だ。

可能な限りの兵を城に入れ、退紅勢は籠城を決め込むことになった。

時間が経つにつれて、眼下に灯《あか》りが増えていく。田井城の麓《ふもと》に、康治が陣を構えているのだろう。康治とともに移動した兵は二千と聞いていたが、それよりも多いように見えた。

「――康治め、承和から兵を呼び寄せておったわ」

憎々しげに忠政が吐き捨てる声が聞こえた。

一応の軍議が終わったのだろう。政尚が休んでいる居室に、忠政はやって来た。

兄の言葉に、政尚は目を伏せた。それでは、康治は政尚を伴っての行軍自体を囮《おとり》に使っていたのか。政尚の身体に障ると言いながらゆっくりとした進軍をしていたが、それ自体が罠《わな》だったとは思わなかった。

――敵わないな……。

自嘲の笑みが唇の端に浮かぶ。康治は、どれだけ政尚を好きだと口にしても、承和の国主であることを忘れない。

そういう康治を厭わしくは感じない。むしろ、尊敬の念が湧き起こる。国主たるもの、そうでなくてはならなかった。国主には、領民や家臣に対して、相応の責任というものがあった。恋に生き、思いのままに人生を送りたいのなら、国主の座から降りるべきだ。

政尚も退紅のために、兄に覚悟をさせるべきだった。代々退紅の国主であった高津家のために、織弱で役にも立たない政尚になど、関《かか》わっている場合ではない。せめてそうしてくれなくては、康治を拒んで忠政を選んだ自分は、なんのためにここに戻ってきたのかわからなかった。

兄には、政尚の兄である前に、退紅の国主であってほしい。

政尚はそう願った。

忠政の手が、厳しい顔をした政尚の肩に触れてきた。

「なにを見ておる」

声には、かつてない粘《ねば》ついた色があった。

――兄上、どうか……。

違っていてほしい。違っていてくれなくてはいけなかった。それは、許してはいけないことだ。

退紅のために、忠政には『国主』であってほしかった。

政尚は覚悟を決め、促されるままに身体の向きを変えた。

静かに、忠政を見つめる。兄には、政尚を捨ててもらわねばならない。そうであれば、政尚はまだ兄を信じられる。

だが、真剣な眼差しの政尚に、忠政の顔が面白くなさそうなものに変わった。

「なんだ、その眼は。結城康治に抱かれて、心まであの男に移したか」

兄の嘲りに、政尚は絶望しかかりながら、兄を見つめる。

一瞬の憎悪の光が忠政の目に浮かぶ。それが次の瞬間、愉悦に変わった。

その顔はもう兄のものではなかった。肉親ではなく、獲物を嬲る雄の眼差しだった。

「おまえは私のものだ。私だけのものだ……そうだろう、政尚?」

頬を撫でられ、唇を寄せられる。

その身体を、政尚は力をこめて撥《は》ね退《の》けた。

「お放しくださいませ、兄上」

「なにを言う。まさか、私を拒むつもりか」

「――私は、あなたの弟です」

きっぱりと口にする。忠政が望むことは、兄と弟で許されることではない。そんなことのために、康治への恋を捨てたのではない。

どうか自分を絶望させないでほしい。

政尚は必死の思いで、忠政を見つめた。退紅のために、自分はここに戻ってきたのだ。

　忠政が舌打ちする。

「弟！　たしかに、おまえは私の弟かもしれん。あるいは、息子やも……。だが、それがなぜ悪い。もしも血を分けた息子であれば、なお私のものだ。そうだろう？」

「……あっ、兄上！」

　忠政が強引に、政尚を床に引き倒す。床に打ちつけられた痛みに、政尚は一瞬息が止まった。

　倒した政尚の胸元を、忠政がいやらしく弄る。襟元に手を入れ、胸に触れてきた。

　政尚の肌に鳥肌が立つ。今触れているのは康治ではない。そのことが、血の繋がりという禁忌以上に、政尚を嫌悪させた。

　——康治殿ではない。康治殿とは違う……っ。

　この身体に触れていいのは、康治だけだ。

　康治に触れられるのならば、一番最初に抱かれた時から、こんな嫌悪は感じなかった。

　ただ恥ずかしくて……。

　康治に触れられて感じたのは羞恥で、嫌悪ではない。

　しかし、忠政の手に、政尚は身震いするような嫌悪を感じていた。

「触るな……っ！」

　思わず、叫びが政尚の唇から迸った。触れられている肌に、鳥肌が立っている。

　胸に触れている忠政の手首を摑み、振り払う。

　拒むという意思のこもった政尚の手に、忠政が苛立つ。振り払った腕を逆に摑まれ、床に押しつけられる。

　力任せにその手を床に押しつけ、忠政は政尚の襟元を強引にはだけた。

「結城康治に……この肌を許したのだな」

「……っ」

康治との情交からまださほど時間の経っていない胸は、ぷっくりと腫れていた。それを、忌々しげに抓られる。

政尚が痛みに眉をひそめると、忠政が楽しそうに笑った。

「可愛がってやる……可愛がってやるからな、政尚。すぐによくなる。おまえの母と同じように、ふふふ」

「……母と私は違います。私は兄上を……母のように慕ってはおりません」

互いに想い合っていた母と兄とは違う。自分は母ではなく、男で、忠政の血縁なのだ。

だが、政尚の言葉を聞いた兄が哄笑《こうしょう》を上げる。楽しそうに、面白そうに、どこか狂気が混じったように、忠政が笑った。

なにがそんなにおかしいのだろう。

妙な様子の忠政を、政尚はまじまじと見つめた。なにかがおかしかった。


兄は笑い、傲然《ごうぜん》と政尚を見下ろしている。

「慕っている、ははは、おかしなことだ。おまえもあの噂を信じていたのか。――しずは、私を慕ってなどいない。慕っていれば、あのようなことを申すものか」

「慕っていない？　どういうことなのですか、兄上」

思いもかけない忠政の言葉に、政尚は抵抗することも忘れ、眉をひそめた。兄と母は互いに想い合い、それ故に悲劇が生まれたのではなかったのか。その悲劇の果てに、政尚が生まれたはずだ。

それがおかしなこと？　どういうことなのだ。

鼓動が痛いほど、耳元で鳴っていた。なにか怖《おそ》ろしい予感が、政尚の胸を激しく喘がせる。兄が口にする言葉を聞くのが、怖ろしかった。

しかし、聞かずに済ますことはできない。自分がいったいどんな人間を選んでしまったのか、政尚は忠政をじっと見つめた。唯一の想いを振り捨ててまでも選んだのは、いったいなんだったのか。

　忠政は喉の奥で笑い、憎しみと愛情の混ざった眼差しで政尚を見つめていた。

「私がしずを愛したのは本当だ。しずも、私を好きだと言った。だが、あの女……」

　忠政の憎悪の眼差しに、政尚はぶるりと震える。それは憎しみに満ちた眼差しだった。

　母と忠政の間に、いったいなにがあったのだ。

　忠政が得々と続ける。

「あの女、父上の手がついたとたん、私を拒んだ。私のことは好きだが、私と通じれば密通になる。それはできない、とな。私が好きなのに、なぜ私を受け入れぬ！　側室にするのも不憫で、手も触れずに大事にしてきたのだぞ！　それがなぜ、父上の手がついたくらいで私を拒む。父上に身体を許したのなら、私にだって許してもいいではないか。父上と違って、私はしずを好いていたのだ。好いた男に抱かれるのは、女子の幸せであろう？　おまえも、康治に抱かれて嬉しかっただろうが。なあ、そうであろう、政尚」

　なにかに取りつかれたように話す忠政を、政尚は呆然と見上げていた。

　――密通になるからできない。

　つまり、母は兄と通じることを拒んだのだ。

　母は忠政を拒んでいた。そのことに、政尚は驚愕した。

　それなのに、父に抱かれたのだから、忠政に抱かれてもいいではないかとは、いったいどんな理屈なのだ。兄の中で、どうしてそれが正しい理屈になるのだ。

　政尚にはわからなかった。

　それに、そうやって母が忠政を拒んだのなら、なぜ、母と兄の密通の噂が流れたのだ。

　忠政の唇が歪む。喜悦《きえつ》の笑みに、政尚の背筋が寒くなった。

「父上には簡単に肌を許して、私にはできぬとはあまりに解せぬ。だから、私という男をしずに教えてやったんだ。しずは嫌がったが、最後にはおとなしくなって私を受け入れた。泣いているしずを、私は何度も抱いた。泣くことはあるまいに、なあ？　好きな男に抱かれて、なにが悲しいのだ。それで、わかったのだ。しずは……淫売《いんばい》だと。淫売だから父にも私にも簡単に抱かれるのだ。淫売だから、好きにしてもいいのだ。そうだろう？　そして、おまえが生まれた、ふふふ」

「そんな……」

忠政の語る話は、噂で聞いた話とあまりに異なっていた。もしもこれが真実ならば、嫌がる母を忠政は無理やり抱いたことになる。

それは恋とはあまりに違っていた。

無理やりであったのだとしたら、母は兄との関係を喜んでいなかったことになる。少なくとも、いくら好きでも密通になると、母は世の理を貫こうとしたのだ。

母は不実だから兄を拒んだのではない。事情はどうあれ父の側室になってしまった以上、その息子である兄を受け入れるのは母子相姦《ぼしそうかん》ともいえる不義だ。それを拒むのは当然だった。

その母を兄は無理やり……。いくら想い合っていたとはいえ、それはあまりな振る舞いではないだろうか。

しかし、いや……と、ある疑惑が政尚の胸に浮かんだ。

母が兄を好きだと言った言葉、それ自体が真だろうか。色恋ではなくただ単純に、好き嫌いで言っただけの言葉だったとしたら――。

兄の狂態《きょうたい》は、政尚に疑惑を抱かせる。

政尚の知る愛は、康治が与えてくれた温かな感情だった。時に激しくはあったが、常に変わらず政尚を照らし続ける光だ。

だが、忠政が政尚に叩きつける愛は、康治のものとはまったく違っていた。

忠政は政尚の意見など聞かない。政尚の気持ちなど慮《おもんぱか》らない。ただ自分の感情を押しつけるだけだ。

それが愛なのか。恋と呼べるのか。

いいや、そうではない。康治との再会で、政尚は本当の恋を知っていた。人を恋い慕う時、どんな気持ちになるのか。切なさと、ものぐるしさと、それでも相手に笑っていてほしいと思う気持ちと――。

もしも兄が母を愛したというのなら、嫌がる母を無理やり抱くなどという無体などしないはずだ。むろん、激情に駆られてつい、ということはあったかもしれないが、それを何度も何度もなすなど尋常ではない。

母の苦しみなど、忠政には欠片も通じていない。

その様子を見れば、兄の想いというものも、どの程度なのか明らかだった。

忠政はまだ自慢げに語り続ける。

「おまえを身ごもっている時にも、私はしずを抱いてやったよ。なにしろ、しずの身体は父上も抱いているのだ。どちらの子なのか、神仏にだってわからない。だから、しずの腹の中の子に何度も、私の精を撒《ま》いてやった。おまえがどちらの子であれ、おまえの身体には私の精がたっぷりついているんだ。私のものだ。ここも、ここも、全部――政尚」

忠政がうっとりと、政尚の胸を撫でてくる。特に、赤く腫れた胸の実は愛しげに抓まれた。

「……ふ」

気持ちが悪い。

政尚は兄を睨んだ。これは兄ではない。仮に父であったとしても、父ではない。

一人の狂った男だ。

「気持ちがいいか？　いいだろう？　当然だ。おまえは、私のために生まれてきたんだ。しずと違って、おまえは私だけのもの。――それが、康治ごときに汚されるとは！」

「あぅ……っ」

抓まれた乳首を、思い切り捻《ねじ》られる。政尚は鋭い痛みに身を強張らせた。

すると、今度はやさしく撫でられる。

「ああ、可哀想に。痛かったか？　よしよし、さすってやろうな。気持ちがいいだろう？　いいと言ってみろ。そうしたら、もっとよくしてやろう。あの小僧の手を、全部忘れさせてやる。政尚は私の可愛い子だものな」

言いながら、忠政は政尚の袴を寛《くつろ》げようとする。

許すものか。

「いやだっ！　放せっ！　私に触るな！」

政尚は必死で抵抗した。ここを許していいのは康治だけだ。自分から振り捨ててきた康治を、政尚は一心に思った。

愛しいのは康治だけ。この身体に触れていいのは、康治だけだ。

忠政ではない。触れられてなるものか。

しかし、帯を解かれ、着物をはだけられ、忠政の手がうっとりと政尚の腰を撫でてくる。今にもむしゃぶりつきそうな忠政の眼差しに、政尚は怖気《おぞけ》を感じた。

――狂っている……。

必死に逃げようとしながら、政尚は思った。兄はもう、狂っているのだ。そうとしか考えられない。

兄に抱かれ――いや、陵辱され、母はどんな気持ちで日々を過ごしていたのだろう。最後には密通を責められ、父に斬り殺され、そんな母の人生はいったいなんだったたか。

父が母を側室にしたのは、疎んじていた息子の想い人だったから。それはたしかだろう。兄と父との確執は深く、その程度の嫌がらせをしてもおかしくない。

だが、兄と母が想い合っていたかというと、それはわからなかった。

本当に母を好いていたのなら、そこまでひどい陵辱を母に対して行うだろうか。身ごもった母にまで情交を強いるなんて。それも、腹の中の赤子に己の精をかけるためだなんて、あまりに非道ではないか。

それにもし、母の側でも兄を慕っていたのなら、人の道にもとる行為ではあっても、やはり好いた相手に抱かれることは喜びであってもおかしくない。

それなのに、母は終始、兄の手を喜ばなかった。泣いていた。

目の前にいるのは、人の心のわからぬ鬼だった。父に疎まれたから鬼に変わったのか、それとも、鬼だったから父に疎まれたのか。

忠政に殺された父には、もう訊くことはできない。だがどんな理由があったにせよ、今の忠政はもう鬼に変わっていた。人ではない。

「可愛いな、政尚。目覚めているおまえをこうして抱けるとは、なんと嬉しいことだ」

うっとりと忠政が言う。

「目覚めている……?」

兄の呟きに、政尚はびくりとした。目覚めているとは、どういうことなのだ。兄の言葉の意味を、政尚は考えたくなかった。もしも、言葉のとおりなら、兄は……。

身を起こしかけた政尚に、忠政がにんまりと笑った。

「案ずるな、最後まではしておらぬ。だが、可愛いおまえに触れられぬのがつらくてな、時に薬を盛って、おまえを眠らせた。こらえきれずに、初めておまえに触れた夜を思い出すよ。まだここに毛も生えておらぬ幼さで、触れても勃つだけで達しはせなんだ。初めてここが実ったのが幾つの時か、おまえは覚えてないだろうなぁ。数えで十四歳の時だった。眠っているおまえは可愛らしい声を上げて、白い蜜を放ったよ。あれが、おまえの初めてだ。なんどもこれをしゃぶって、舐めてやったことを覚えているか？　触れたら、身体が思い出すかもしれんなぁ、ふふふ」

「あ、兄上……」

全身が震えだす。兄の言っていることは本当だろうか。気づかぬ間に、自分は兄に汚されていたなど……。

政尚は呼吸が苦しくなるのを感じた。嘘だと思いたかった。だが、得意げに語る忠政の話が、嘘とは思われない。この身体に康治が触れる前に、忠政に穢されていたのだ。

あまりのおぞましさに、政尚の体温が一気に冷える。忠政に性器を握られていたが、政尚のそこは反応しなかった。反応などできるものではない。むしろ、全身に鳥肌が立つ。

——康治……っ。

どうして自分は、兄を選んでしまったのだろう。高津家の健康な男子が兄しかいないからといって、どうしてこの鬼《兄》に退紅を任そうとしたのだろう。

自分は間違っていた。忠政の頭の中には、退紅の領民も、家臣のことも入っていない。あるのは、己の欲望だけだ。

そんな男のために、退紅を守ろうとしていたなんて——。

「おお、どうしたのだ？　私の手を思い出せないのか。では、口で可愛がってやろう。おまえはこれが大好きだったよな」

政尚の怖気など気にかけず、忠政が政尚の足を押し開こうとする。下肢に顔を伏せられ、政尚は悲鳴のような声を上げた。

「やめっ……！　おやめくださいっ。私に触るなっ！」

この身体に触れていいのは、康治だけ。康治しかこの身体を知らない。

知らないはずなのに、とうの昔に兄に触れられていたなんて信じたくない。

康治がどうして忠政を意識していたのか。忠政には渡さないと口走っていたのか。政尚にもようやくわかった。

康治には、忠政がこんな人間だということがわかっていたのだ。わかっていたから、なんとかして政尚を止めようとした。ただの松寿になって、自分の元にいろと言ってきた。

全部、政尚を思っての言葉だった。

――それなのに……。

政尚はその手を振り払ってしまった。たった一人の人だったのに……。

恋しい心を振り払ってまでも選んだのは、鬼だった。人を喰《く》らう鬼だったのだ。

無我夢中で、政尚は忠政を蹴り上げた。せめても、康治が愛してくれたこの身体だけは守りたかった。

しかし、それは忠政をさらに熱くさせるだけでしかなかった。

「結城康治にもそうやって抗ったのか？　抗ったのだよな？　おまえは、私のものだものな。さあ、怖がらなくてもいい。大切に抱いてやる。この日をずっと夢見ていたんだ」

「やめろっ！　……いやだ、っ！」

「暴れるな、政尚。さすがに目覚めていると激しいな。おまえが私を兄と慕うから、今の今まで我慢してきたのだ。結城康治に肌を許したおまえが悪いのだぞ？　そのような真似をしなければ、私もこんな乱暴はしなかったのに。だが、感謝せねばならないか。結城が抱いたと知らねば、私はいまだにおまえに最後までできなんだ。可愛くて……可愛くてなぁ。私は、好いた相手にはやさしすぎるのだ。しずにもそうだった。大事に大事にして、手も触れなんだのになぁ」

「やめっ……放せ……っ！」

兄の心の中が、政尚はわからなかった。母を好きだったのなら、好きだと言って、側室になってくれと言えばよかったではないか。それもせず、先に手を出した父を恨み、父に身を許した母をなじるなんて、間違っている。

政尚のことも、好きだから最後まではできなかったなどと言うが、人に薬を盛って散々好きにしておいて、抱きはしなかったから感謝しろなどと、よく言えたものだ。

感謝などするものか。この身体は、康治のものだ。康治の——藤次郎のものだった。

「いやだっ……やっ……！」

無我夢中でもがき、忠政を蹴《け》り上げる。必死で身体をずり、政尚は兄から逃れようとした。疲れきった身体のことなど忘れていた。康治への想いと、兄に触れられる厭わしさだけが、政尚を突き動かしていた。

その足首を、兄に摑まれる。忠政は舌打ちし、恨みがましく呻いた。

「……おまえも、私ではなく、最初に抱いた男に情を移したのか。なぜ、いつものように私に身を任せぬ！」

「誰がそんなこと。兄上、おやめください！」

足首を引き寄せられるのを、政尚はもがいて抵抗した。この身体を、兄になど触れられたくない。

触れていいのは康治だけだ。

——藤次郎……！

今ほど、康治に会いたいと思ったことはなかった。

康治にならば、どんな恥ずかしいことでも耐えられる。

しかし、知らぬこととはいえ、幼い頃から忠政に穢され、自ら康治の元を逃げ出し、どんな顔をして会えるだろうか。今更、許されはしない。すべてを選んだのは、政尚だった。

「いやだ……っ！」

払いのけようとした手が、兄の頬を打つ。

忠政の顔がどす黒い怒りに染まるのがわかった。今の忠政は、康治の兄ではなかった。欲望に猛った、理非もない雄だった。

「──聞き分けのない子だな。よいか、おまえは私のものだ。なにもかもすべて、私のものにしてやる」

「放せっ！　……あぁっ」

思い切り、忠政に頬を叩《はた》かれる。

床に突っ伏した政尚の髪を、忠政が後ろから摑んだ。

無理やり引き起こされ、政尚は喘ぐ。着物の裾を捲《まく》られた。

「最初だから、やさしくしてやろうと思っていたのに──。しようがない子だな」

下肢に、兄の手が触れてきた。

逃げられない、と政尚の唇が震える。しかし、このまま最後まで許すのはいやだった。

なんとか抵抗しようと、みじろぐ。

と、部屋の外から男の声がした。

「失礼いたします。殿、承和の軍に動きが見られます。いかがいたしましょうか」

赤垣だった。

忠政が苛立たしげに舌打ちする。

「おまえたちでなんとかしろ！　私は手が離せないのだ！」

「いえ、殿でなくては。皆が動揺しておりますれば」

赤垣が淡々と、板戸の向こうから言ってくる。

「……無能なやつばかりだ！」

忠政は吐き捨て、政尚から身体を離した。

「覚えておけ、あとでたっぷり可愛がってやる。いいな、政尚」

ねっとりと政尚の腰を撫で、忠政が楽しげに笑う。それから、忠政は身づくろいし、居室を出ていった。

「く……う、うぅ、っ」

残された政尚は、口元を押さえた。腹の底からなにかがせり上がり、苦い胃液が吐き出される。触れられた身体が気持ち悪くてたまらなかった。

――兄は狂っている。

あれは兄ではなく、鬼だった。

干し柿を食べたきりであとはろくに食べ物を入れていない腹からは、ほとんど吐瀉物《としゃぶつ》が出てこない。

身体を今すぐ、皮がすりむけるほどに洗いたかった。特に、兄に触れられた部分はすべて――かつて、寝入っているのを触れられたところも全部、今すぐ洗い清めたかった。

着物の裾で、政尚は自分の身体を擦ろうとした。

その手を摑まれる。いつの間にか入ってきていた赤垣に阻まれた。

「……赤垣、放せ」

「いいえ、いけません。今、湯をお持ちいたします。着物で拭いては、傷になりますゆえ」

「傷など、とうにできている」

吐き捨てた政尚に、赤垣が痛ましげに眼差しを伏せる。

「それがしがいたします」

そのあと無言で、赤垣は湯を運ばせ、懐《ふところ》から手ぬぐいを取り出し、政尚の身体を清めていった。

政尚はぐったりと、赤垣の手に身を任せていた。もう、腕を動かすのも苦痛だった。

己の誤った選択、兄の真実の姿に、身も心も疲れ果てていた。今はもう、考えることすらも億劫《おっくう》だった。

身なりを整えると、赤垣が平伏する。

「やす殿を呼んでまいります。どうぞ、お休みになってくださいませ」

赤垣が、やすを呼んでくるために立ち上がろうとした。

そこに、足音も荒く忠政が戻ってくる。傍若無人《ぼうじゃくぶじん》な足音に、政尚は震えた。

兄は居室に入るなり、赤垣を殴り飛ばした。

「兄上……！」

「承和は動いてなどおらなんだではないか、たわけが！」

忠政は怒りで真っ赤になっていた。

政尚ははっとした。萎えていた心に、気力が蘇る。

赤垣は政尚を助けるために、偽りを兄に告げたのだ。

――まだ一人ではない。

忠政の振る舞いを知り、それを妨げようとする人間がいる。

まだ政尚は身を守れるし、退紅のためにできることがあるはずだった。

兄のためではなく、退紅のために――。

殴り飛ばされた赤垣が、忠政の足元に平伏している。

「殿っ、どうかお静まりくださりませ！　政尚様は、殿の弟君にございますれば、どうか！」

「黙れ！　政尚は私のものだ。邪魔立ていたすな！」

忠政が、赤垣の背を蹴る。しかし、赤垣は踏ん張り、忠政の足元に踏みとどまった。

「いいえ、申し上げます！　ご兄弟の間柄で通じるなど、人の道に外れております。どうか、政尚様にはお手を触れませんよう、お願い申し上げます」

「うるさい！」

赤垣を押しのけ、忠政は政尚を摑もうとする。

政尚はびくりと身をそらせたが、それより早く、赤垣が手を広げ、忠政を遮った。

「いけません！」

「赤垣！　きさま……！」

鬼のような形相で、忠政が政尚を睨む。忠政の手が、腰の刀にかかった。

赤垣が斬られてしまう。

とっさに、政尚は立ち上がり、寝巻きの腰紐を解いた。それを自らの首に巻きつける。

「兄上が私に触れるのならば、私は自害いたします！」

刀があればそれで喉を突いたところだが、しかたがない。代わりに巻きつけた腰紐に、政尚は力を入れた。

「く……っ」

喉が絞まり、政尚は苦しげな呻きを洩らす。

政尚の決意に、忠政が明らかにひるんだ様子を見せた。

すかさず、赤垣が叫ぶ。

「殿は、政尚様を殺しておしまいになるおつもりですか！」

腹に響くほどの大音声に、忠政がはっとする。怒り狂っていた形相が、急に気弱なものに変わる。

「やめよ、政尚。死んではならぬ。死ぬな」

がくりと、忠政が膝をつく。

なんとか兄は思いとどまってくれたのだ。

政尚は安堵した。とたんに、身体がくずおれる。床に倒れ伏し、政尚は激しく咳き込んだ。息が苦しく、身体が熱のせいで燃えるように熱かった。

一晩の間に、あまりに多くのことがありすぎた。

政尚の脆弱な身体は、それらにとても耐えられない。

苦しげに咳をする政尚に、忠政がうろたえた声を上げる。

「……医師を……医師を呼ばねば……。ま、政尚、苦しいか？　大事ないか？」

さっきまでの狂気が嘘のように、つらそうに床にうずくまる政尚を心配する。

赤垣が大声でやすを呼んだ。

その声を聞きながら、政尚の意識が遠のく。もはや、限界だった——。

九.

微熱がいつまでも下がらない。こもる覚悟も決めていなかった山城での籠城に、城内は荒《すさ》み始めていた。

すでに田井城にこもって、ひと月近くが経っている。食事も一日に一度、薄く溶いた粥《かゆ》が食べられるのがせいぜいになっていた。

しかし、十重二十重に承和軍に囲まれ、逃げ出すこともできない。といって、野戦に打って出れば、兵力で劣《おと》る退紅が負けるのは目に見えていた。

城内からは、櫛《くし》の歯が抜けるように人が減りだしていた。

「……とうとう勝田《かつた》様も消えておしまいになられたそうでございます」

声を潜めて、やすが言う。夜具に横たわり、政尚は小さく頷いた。

勝田は父の代から高津家に仕えていた武将だ。それすらも忠政から離れたとあっては、城内の士気の低下はますます進む。

すべて、赤垣を使って政尚が仕向けたことだった。高津家は、もう終《しま》いだった。あの日、あの時、政尚は兄が人ではなくなっていたことを知ったのだ。

高津家のために、退紅を取り戻すことはもうできない。退紅の領民のためにも、これまで仕えてくれた家臣のためにも、できなかった。

鬼となった兄に、退紅の領主としての正常な判断に期待できない。また、病がちな政尚も新領主として立つことはできなかった。

であれば、退紅のためになにをするのがもっとも良いか。

政尚は考え続け、思案の果てに、一人の男の姿を思い浮かべたのだ。

退紅を、高津家の不始末のせいで乱れさせてはならない。苦しめてはならない。

この国には、高津家に代わる新しい領主が必要だった。そして、その領主には一人の姿しか思い浮かばない。

結城康治――彼だけだ。

たとえ政尚が敵陣にいようとも、承和のために兵を進めることのできる康治こそが、退紅の国主に相応《ふさ》しい。康治ならば、あらたに領民となった退紅の人々をしっかりと守ってくれるだろう。

国主一族の高津家の人間として政尚にできるのは、できるだけ犠牲を少なく、この国を康治に委《ゆだ》ねることだけだ。

あの、兄に襲われかけた晩以来、政尚は退紅のために自分になにができるかということを考え続けていた。狂ってしまった兄に、退紅は治められないと思い知ったのだ。


政尚もまた、領主の務めを果たせない。

今はただ、できるだけ犠牲を少なくして、康治に兄を討ってもらうしかなかった。

「そろそろ、機は熟すのではないかと、赤垣殿も申しておりました」

「そうか……」

敵とするに、康治は憎いほどに諸事万端、手を打ってくる男だった。兄忠政は、康治を闇討ちする以前から、家臣の信頼を失いつつあったのだ。

ふた月半ばかり前、まだ政尚が羽黒城にいた頃、康治は羽黒城の守将であった税所教繁を生きて城から解放していた。

その時は、なぜ、敵であった武将を許すのか政尚は合点がいかず、「あれはよき男だったから」と爽《さわ》やかに言う康治の言葉に納得するしかなかった。しかし、康治は兄の性格を見抜いていたのだ。

虎寿が切腹となり、にもかかわらず税所が生きて帰参したことに、忠政は疑心暗鬼になった。敵に調略されたのだろうと疑い、兄は戻ってきた税所を捕らえてしまったのだ。

その上、なぜ政尚を敵の中に残し、自分一人がおめおめと城を出てきたのだと、税所を責め、斬首に処した。

税所は誰もが認める忠実な家臣であった。だからこそ、兄は羽黒城の守将に、税所を残したのだ。

しかし、その税所すら裏切ったとなれば、次は誰が裏切る。

兄の疑念は家臣たちの離反を招いた。もともと、次々と一族の男を殺していった忠政のやり方には反対も多かったこともある。

もっとも結束が必要な時に、忠政は自らその結束にひびを入れたのだ。康治の計略に乗って。

よい男だから、とぬけぬけと言ってのけた康治は、その時、こうなることを予期していたのだろう。

むろん、予想通りにならなくても、康治には痛くも痒《かゆ》くもなかったに違いない。帰参を喜ばれ、税所が忠政の陣に加わったところで、承和との圧倒的な兵力差は動かない。

その上で、康治はそういった細かい手を打ってきた。

恐ろしい男だった。だが、国主としては頼もしくもある。

康治ならば、きっと退紅の領民を守ってくれるに違いない。

政尚にできるのは、そうなるように家臣たちを使嗾《しそう》することだけだ。

夜にはひそかに出入り口に隙を作り、足軽たちが抜け出せるようにしてやる。家臣たちも兄に隠れて口説《くど》き、承和に投降することを勧めた。

兄とともに籠城するこの山城は、張子の虎《とら》になろうとしていた。

「——失礼いたします」

居室の外から、赤垣の声が聞こえた。静かに、室内に入ってくる。

慎重に戸を閉め、赤垣は政尚の枕元に膝を進めた。緊張した様子に、やすが赤垣を見つめる。

「なにかあったのですか」

問いかけるやすに頷き、赤垣は政尚の耳元に口を寄せた。

「明日、卯《う》の刻、結城様は総攻撃を始められます」

茫洋《ぼうよう》としていた政尚の目が、はっと見開かれた。いよいよなのだ。

続けて、赤垣が告げた。

「政尚様におかれましては、今宵、どうかこの城を出られますよう。結城様からのご伝言にございます」

「城を……出る？」

まさか、康治はこの政尚を助けようというのか。

ふっと、政尚の眦が愛しげに和んだ。ここまできてもなお、政尚を救おうとしてくれることを、ありがたく思う。身勝手な忠政の愛とあまりに違う、康治の大きな想いだった。

忠政の囁く「好き」と違い、康治の「好き」はなんと信頼できることか。

しかし、それに乗ることはできなかった。まだ政尚にはやるべきことが残っていた。それをなして、それでもなお政尚が生き残ることができたら——。

いいや、無駄な夢など見てはならない。夢見る権利を、自分は康治から逃げ出す時に放棄《ほうき》したのだ。

赤垣の申し出に、政尚は無言で首を振った。

赤垣が、そしてやすも顔色を変える。

「なりません、政尚様。どうぞお逃げくださいませ」

「……いいや、駄目だ。高津家の人間として、私は最後まで見届けなくてはならない。兄の、最期を——」

兄をこれ以上生かしてはおけなかった。このひと月、無理をしたら政尚が死んでしまう、と赤垣とやすが必死になって忠政を押し留めてくれているが、兄の欲望は少しも減じていない。自害すると脅しているから無理に触れようとはしないが、握りしめた手に頬ずりされたり、淫蕩《いんとう》な眼差しで見つめられたりすることは稀ではなかった。そのおぞましさに、政尚の気力は少しずつ削り取られていった。

いつか、破れかぶれになった兄に、無理やり抱かれてしまうかもしれない。兄はそれほどまでに、政尚に執着していた。それは狂気の所業としか思えなかった。

忠政はもう、退紅の国主たる男ではなかった。といって、生き残らせれば禍根《かこん》が残る。

兄は政尚を抱いた康治を許さないだろうし、生きている限り、康治を狙う危険があった。

康治は領地も、政尚の心も、二つながらに忠政から取り上げた男なのだ。

そして、今回の申し出で、政尚はもうひとつのことに気づいた。

康治もまた、命ある限り、政尚を諦めない。政尚がもし、忠政とともに落ち延びれば、康治は必ずその行方を追うだろう。

行方を追えば、最後には忠政と争うことになる。忠政も康治も、ともに政尚を諦めることなどないからだ。

――やはり夢……。すべては夢だ。

生きている限り、忠政も康治も、政尚を間に挟んで対立する。

退紅を守るため、康治を守らなくてはならなかった。退紅の安泰に、忠政はもう害悪でしかなかった。退紅の領主ではなく、政尚を得ることを選んでしまった時から、忠政は退紅の守り手ではない。

だから、退紅のために、忠政を討つ。

……いや、違う。兄を討つのは退紅のためであったが、それだけではない。

――もう側にはいられないが、しかし……。

政尚は胸に浮かぶ男の姿に、そっと話しかける。

恋のために――。

退紅を理由にすべてを捨ててきた政尚であったが、最後にたった一度くらい、恋を理由にすることを自分に許した。

康治を守るために、兄を討つのだ。

兄を鬼だと思ったが、自分も十分鬼だと政尚は思った。恋のために、肉親を討つのだ。国のためでもなく、領民のためでもなく、あるいは自身の打算のためでもなく、ただ恋のために兄を討つ。

そんな自分は鬼だった。人としての最低限の情を無くした鬼だった。

だが、たとえ鬼になっても康治を守る。それは、退紅に必要だからでも、家臣や領民のためではない。

愛しいから。

ただそれだけのために、政尚は兄を討つのだ。

たとえこの先、地獄に落ちようとも、自分は兄を討つ。それだけが、康治のために政尚ができるただひとつの行いだった。

また、退紅を守りきれなかった、高津家の男子としての責任でもあった。高津家に残った男子として、逃げる気はない。

心定めた政尚に、赤垣が口を開く。

「しかし、政尚様。政尚様をお助けするために、結城様がどれほど力を尽くしてくださっているか。そのお気持ちを無駄になさるのですか」

赤垣が必死の口調で、政尚を説得しようとする。

「駄目だ、赤垣。私は行けない」

気持ちはもう固まっていた。できることならば、政尚も今一度、康治と会いたい。会ってもう一度、その手を取りたい。

だが、それは許されない。鬼となる覚悟を決めた政尚に、喜びは与えられてはならなかった。

顔を背ける政尚に、赤垣がなお言い募る。

「それでは、政尚様は結城様も殺しておしまいになるおつもりですか！」

「……赤垣、なにを言う」

赤垣の言葉に、政尚は目を見開く。

康治を殺す？　なぜそんなことを赤垣は言うのだ。

戸惑う政尚に、赤垣が腹に力を込めて説得の言葉を口にする。

「結城様は、政尚様だけを生涯ただ一人の人と深く想っていらっしゃいます。それは、お側でお見かけして、この赤垣にもよくわかりました。もし、この戦で政尚様がお命を落とせば、結城様も心を死なせてしまいます。心の死んだ国主を、領民たちが喜ぶでしょうか。退紅の領民を案じられる政尚様でしたら、きっとおわかりになってくださると、赤垣は思います。どうか今一度、ご再考くださりませ」

赤垣が深く平伏する。

「康治殿が……心を死なせる……」

そうだろうか。本当にそこまで、康治は政尚のことを――。

いや……いや、この期に及んで、康治の真を疑ってはならない。康治がどれだけ政尚を好いていてくれたか、政尚も知っているではないか。あの慈しみがあればこそ、政尚もこうして踏ん張れるのだ。

その康治が、政尚を失えば国主としての弁えもなくしてしまうという。

「なんて馬鹿な……」

「馬鹿ではございません。それほどに、政尚様のことを想っておいでになるのです。ですから、どうか」

赤垣の縋るような言葉に、泣くことに飽いたはずの政尚の目から、涙が一滴流れ落ちる。零れ落ちて初めて、自分が泣いていることに政尚は気づいた。

「あ……」

「どうぞ、康治様にお会いしてくださいませ」

赤垣が切々と政尚に請う。

政尚の胸が深々と切なさを訴えた。

会いたい、しかし、会っていいのか。自分に、康治に会う資格があるのか。

だが、心はいつも、康治を求めていた。政尚の心に住むのは康治で、忠政ではない。もし、政尚に自由が許されるのなら、今すぐにでも康治の元に行ってしまいたかった。

——会えるものならば……。

だが、忠政から逃げることはできない。兄を滅ぼすことが、政尚に残された責務だった。なぜ兄がこんなふうになってしまったのか。どこかでやり直すことはできなかったのか。何度も考えるが、今更どうしようもない。

この身に向けられる執着を断ち切るのは、政尚の役目だった。

康治の下には行けない。それなのに、赤垣に切々と訴えられると、政尚の胸も疼く。康治に会いたくて、ともに生涯を過ごしたくなってたまらなかった。

この身は康治に捧げる前から忠政に穢され、今も日々穢されているのに、心はまだ康治を求めている。

政尚とて、康治しか想う相手はいないのだ。たとえこの身が消滅しても、恋うる相手は康治だけだ。

その康治を、心死なせたまま生きさせるのか。

しばらくして、政尚は口を開いた。

「——では、会おう。ただし、会うだけだ。会って、今生の別れをする。それで、康治殿も諦めがつくだろう」

諦めてもらうために会う。きっと康治もわかってくれるはずだ。

国主として、康治が時に政尚の願いを踏みにじらなければならなかったように、退紅の領主一族に生まれた政尚にも、やらねばならぬ務めがあった。

そのことを、直接会って伝えれば、康治も理解するはず。

康治も政尚も、思いのままに生きられる身分ではない。たとえ、どんなにこの心が康治を求めていても――。

「しかし、政尚様……」

赤垣は呻く。

それ以上聞かぬと、政尚は目を閉じた。夜に向けて、多少の力を取り戻さなくてはならない。

康治を救い、忠政を討つ。それが、鬼となる覚悟を定めた高津政尚の、最期の務めだった。


やすの用意した暗い色をした直垂を纏い、政尚は城を抜け出した。赤垣に導かれ、康治のいる本陣に向かう。

やすも同行していた。

すでに話がついているのか、見張りに赤垣が一言、二言なにか囁く。

見張りは頷き、政尚たちを本陣に通す。

裏口から、政尚たちは館内に入った。

「――赤垣にございます」

館の奥で、襖越しに赤垣が声をかける。すぐに応《いら》えが返り、赤垣は襖を開けた。

「政尚……！」

腰を下ろしていた康治が、嬉しげに立ち上がった。

赤垣の隣で平伏してから、政尚は室内に足を踏み入れた。

「お久しぶりにございます、康治様――いえ、藤次郎様」

淡く微笑んだ政尚の背後で、襖が閉められる。居室には康治と政尚だけが残された。

少し、痩せただろうか。康治の頬が最後に会った時より削げている印象があった。

もしそれが、政尚のためであったとしたら……。

康治が目を細める。

「藤次郎……。そうだな、松寿」

政尚の誘いに乗り、康治も政尚を幼名で呼ぶ。二人にとって、その名こそが互いの名であるように思えた。

手を引かれ、康治の隣に座らされた。

「手が熱い。熱があるのか」

「久方ぶりに藤次郎様にお会いできたので、少し上がっているのです。藤次郎様も、少しお痩せになられましたか？」

「おまえの苦労に比べれば、大事無い。そなたの身のほうが心配だ」

そっと、髪をかき上げられる。無理をするなと、その目は言っていた。

ひと月ぶりの再会に、胸が震える。黙って逃げ出した政尚をこうしてやさしく迎えてくれるのがありがたく、嬉しかった。

「腹は減っていないか？　田井城には兵糧《ひょうろう》も少なくなっていると聞く。すぐに馳走を用意させよう。もう心配することはない」

康治はいそいそと政尚をもてなそうとする。

その手を、政尚はそっと遮った。

「いいえ、食事はいりませぬ。お話をするために、私はここに参りました。話が済めば、また城に戻ります」

「な……にを言っている」

康治が驚いたように目を見開く。政尚が戻るなど、思ってもみなかったに違いない。

しかし、政尚は戻る。ここに来たのは、康治に自分を諦めてもらうためだ。そんなことを言えば、また康治は「自分ではなく、忠政を選ぶのか」と言うかもしれない。

忠政を選んだのではない。政尚の心は、常に康治にある。だが、思いのままには生きられないのだ。

どうしても、康治を思うだけの生き方はできない。自分は息が絶える時まで、高津政尚としての務めを忘れることはできなかった。

胸が痛み、涙が滲みそうになる。

――許してほしい。

それらをこらえ、政尚は淡く微笑んだ。康治には、笑っている自分を覚えていてほしかった。

康治が、政尚の両肩を掴んでくる。

「おまえは、この先ずっと私とともにいるのだ。もうなにひとつ不安に感じたり、心配することなどない。私とともに……」

「いいえ。ともに生きることはできません」

康治を遮り、政尚はきっぱりと口にした。康治を選べない自分を、どうか許してほしい。

こんなに康治を愛しく思っているのに、どうして選べないのか。

駄々っ子のように騒ぐ声が胸の底から聞こえてきたが、政尚は黙ってそれに蓋《ふた》をする。康治に縋れるものならば、とうの昔にそうしていた。できないから、今こうして敵味方に分かれているのだ。

「私のことは、これが最期とお思いくださいませ。それが、私の務めです。明日、兄がまた逃げぬよう、最期を見届けねばなりません。兄は……生きていてはいけない人間です」

「松寿……いや、政尚、もしやおまえ、馬鹿なことを考えているのではないな」

「馬鹿なこと？」

政尚は、康治をじっと仰ぎ見る。

康治は苦しそうに、政尚を見つめていた。呻くように、口を開く。

「おまえに忠政殿が……」

政尚の顔が青褪めた。まさか、康治は政尚が兄になにをされていたのか、知っているのか。

思わず、政尚は顔を背けようとした。

康治はそれを許さず、背けた身体ごと、政尚を抱きしめた。

「忠政殿がおまえになにをしたのか……してきたのか、私は知っている。もしや、それをおまえは気にしているのではないか？　忠政殿に……触れられていたことを」

「私は……」

なんと答えればいいのだろう。平気だと嘯《うそぶ》くべきか、それとも、お許しくださいと泣きつくべきか。

いいや、そのどちらも政尚にはできない。

政尚は唇を噛みしめ、俯いた。なにをどう言ったらよいのか、わからなかった。

ただ康治にだけは知られたくなかった。康治のものだった政尚だけを覚えていてほしかった。

俯く政尚を、康治が強く抱きしめる。それはいたわるような、なだめるような、なにもかもを包み込む強い抱擁だった。


「許してくれ。私に力がないばかりに、おまえを……」

「康治様……？」

政尚を抱きしめ、康治が許せと口にする。

なぜ、どうしてそんなことを言うのか。

驚く政尚が康治を見上げると、政尚の頬を康治がそっと片手で押し包む。もう片方は依然、強く政尚を抱きしめていた。

「どんなことからでもおまえを守りたいと、ずっとそう願ってきたのに、私はいつもおまえを傷つけてばかりだ。あの時……十二歳のあの時、忠政殿が危険だとわかっていたのに――」

「兄上が、危険……？」

康治が十二歳といえば、十年前だ。承和で人質となっていた政尚が、父の裏切りで処刑されそうになり、それを兄が父を討つことで助けられた。それから、新たに盟約を結ぶために、兄が承和に来た。

その時、康治は忠政を危険だと認識したのか。そんなに前から……。

「そうだ。忠政殿も、私が危険だとすぐにわかった。当たり前だな。私たちは、おまえをめぐる恋敵だったのだから」

切なげに、康治が苦笑する。

十年前のあの時から、康治はずっと政尚を想ってくれていた。そのことが実感される。

嬉しくて、政尚は震える手を康治の頬に伸ばす。互いに頬に触れ合い、見つめあった。

赤垣は、どこまで康治に話しているのだろうか。

「……兄上は、退紅に戻った私に薬を盛り、眠った私に触れていたと言っておりました。私が初めて達した姿も、幼い私の恥ずべき姿もすべて見た、と。私は……あなたとのことが初めてだと思っておりましたのに……兄上が……」

康治は歯を食いしばるようにして、政尚を見つめている。政尚と同様、康治も苦しげだった。だが、政尚を突き放そうとはしない。

その姿に勇気付けられ、今は隠さず、すべてを言ってしまおうと、政尚は続けた。

「私は兄上に……」

続けようとした政尚の唇を、康治が指で抑える。

「言わずともよい」

「いいえ、兄上はまだ私に対する執着をなくしておりません。自害すると脅して、今は諦めさせておりますが、でも……。最後まではされませんが、身体中、兄上が触れないところはありませんでした」

そこまで言って、政尚は口を閉ざした。自分はもう綺麗ではない。康治が好きでいてくれる価値もない人間なのだ。

「……くそっ。そんな男の下に、どうしておまえを返すことができる。政尚、私とともに……っ」

「いいえ、国主たる身が、己の私情で動いてはなりません」

そういう康治だから、心が傾くことを政尚は止められなかった。

許される間だけでも、と願い、政尚はそっと康治の胸に頬を押し当てた。康治がぎゅっと抱きしめてくれる。

——この温もり……。

ほのかに香る康治の体臭も、なにもかもが嬉しい。もう一度、康治を感じることができるとは思っていなかった。幸せだった。

「……すべて、触れないところはなかったのか」

康治が呻く。康治の胸の中で、政尚はこくりと頷いた。もうどこにも、綺麗な場所はない。眠らされていたとはいえ、自分はすでに兄に穢された身だ。どこにも綺麗な場所は残っていなかった。

康治の指が、政尚の唇を辿る。

「ここもか？」

「起きている間は拒みました。でも……」

眠らされていた間はわからない。康治に再会するまでの間に、自分がどれだけ兄に穢されていたか、政尚にもわからなかった。

もしも、この唇に兄が触れていたら——。

感触を想像し、政尚はぶるりと震えた。

顎を取られ、上向かせられる。切なげな眼差しに、政尚は胸を突かれた。こんなに政尚を想ってくれる人は、二人といない。

政尚も、康治を愛した。

「——身体を重ねれば情が移る、とおまえは言ったが、私に情は移ったか？」

康治が訊ねてくる。ふっと微笑み、政尚は聞き返した。

「康治様は、私に情が移りましたか？」

康治も微笑んだ。充足した笑みだった。

「前よりももっと、おまえが愛しくなった」

「ならば、私も同じです。あなたが文をくださらぬから、私はどうも拗《す》ねていたようです。あなたをずっと好きでした。でも、それが恋に変わったのは、あなたと肌を合わせてから……。あなたの愛しさが、重ねた身体から私に伝わってきてからです」

「政尚……！」

もはや耐え切れないと、康治が政尚の唇を奪う。兄には拒んだ唇を、政尚は康治には喜んで開いた。忍び込んだ舌に口腔を舐められ、舌を絡められ、頭の芯がうっとりする。

これこそが本当の接吻だった。

何度も角度を変えて、唇を啄《ついば》まれる。やっと離れた時には、二人して呼吸が上がっていた。

「……おいやでなければ、抱いてくださいませ。兄の手の感触を、唇のおぞましさを、どうか消してくださいい。最後に覚えておきたいのは、あなた様のことだけでありたい。後生です、康治様」

「よいのか。まだ熱がある。長い籠城で、身体もつらかろう」

やさしく気遣ってくれる心遣いが嬉しい。康治のすべてを、この身体に刻みつけておきたかった。

「かまいません。これが最後です」

「政尚……。どうしても、ここに残ってはくれぬのか」

「できません。できぬことは、康治様もおわかりでしょう。私は兄を討たねばならないのです。兄の最期を見届けなければならない。高津家の、最後の男として」

「……くっ」

康治が唇を噛みしめる。ぷつり、と唇が切れた。

「康治様……！」

康治は拳を床に打ちつける。

しかし——。

「わかった。戻るといい。だが、明日必ず、私はお

まえを救いだす。けして死なせない」

「……馬鹿なことを」

政尚の目に涙が滲んだ。戦場で、そんな無理が利くはずがない。

だが、そうまでして政尚を想ってくれる康治の気持ちが、嬉しかった。

「無理をなさらない範囲で、勝手になさるといい。馬鹿な方だ」

「馬鹿でいい。おまえに関して、私はもっと馬鹿でいればよかったのだ。今も馬鹿になれたら……」

どんなにいいだろう、という囁きとともに、政尚は床に押し倒された。

康治が馬鹿になれぬことは、政尚も知っている。だから、承和という大国の国主なのだ。

康治の手が伸び、着物を脱がされる。

政尚も手を伸ばし、康治の帯を解いた。同じように、着ているものを脱がしていく。

互いに下帯を解くのは、少し恥ずかしかった。こんなふうに、二人して脱がせあうのは初めてだ。

好きだから。今はどんなことでも、康治にしたかった。

「康治様……すごい……」

すでに、康治の雄は隆々と勃ち上がっていた。康治も、くすりと笑う。

「おまえも……感じている」

囁きに、政尚の頰が赤く染まる。政尚の隆芯も、康治を求めるように勃ち上がっていた。

想う相手との行為ならば、抱かれるのだと思うだけで身体が反応する。

「政尚、私の正室《つま》はおまえだけだ。生涯、おまえ一人を私は愛する」

誓《ちか》うように、康治が告げる。

政尚も答えた。思いは、政尚も同じだった。

「私も、生涯愛するのは康治様だけです……んっ」

口づけられる。それから、唇で全身を愛された。忠政に穢された痕を清めるように、身体中すべて、康治に愛される。

唇、頬、額、喉元、胸、腹、腰、足の指までも一本一本口に含まれる。

「あ、あ……ん、ぅっ」

政尚はもう声をこらえなかった。これが最後なのだ。思う様、康治に抱かれたい。

すべてを口で愛され、ようやく康治が花芯に触れてくる。

ちゅっと先端に口づけられた。

「あっ……っ！」

それだけで、どくりと幹が膨《ふく》らむ。

「まだ、達しては駄目だ。政尚……」

そっと両手を導かれる。根元を握るよう促され、政尚は呼吸を激しく喘がせた。

康治の眼下で自分の恥ずかしい部分に触れるだなんて——。

しかし、請われるままに、政尚は自分の花芯を握りしめる。達しないように戒め、康治の愛技《あいぎ》に声を上げた。

「あっ……あ、あぁっ……っ」

先端から幹を、康治の舌が舐め辿る。それから、濡れて滲んだ蜜を啜られ、味わわれた。

「美味しい……。政尚はどこもかしこも美味しいな。ここも」

「そんな……あっ」

両足を押し広げられ、後孔に舌を這わされる。

前からの体勢は苦しい。けれど、政尚はいやだと言わなかった。苦しくてもかまわない。つらくても平気だ。

康治を見ていたい。

通常であれば、きっと恥ずかしさに耐え切れなかっただろう。

だが、これが最後の交歓《こうかん》だと覚悟していた政尚は、自身の淫らな下肢を口で愛していく康治を、じっと見つめ続けた。自らの手で、花芯を縛めながら。

熱い舌が、襞をちろちろと舐める。蕾がひくつきだすと、指先をそっと挿れられた。

「ん、う……っ、あっ……康……治様……っ！」

指が襞を開き、康治の舌が政尚の身体の中に入ってきた。舌がねっとりと身体の内側を舐め、濡らしていく。

「ふっ……ん、っ……あ、あぁ」

耐えられない。下肢が勝手に、いやらしく揺れる。

「蕩けてきた……」

囁く声まで、政尚を感じさせる。

やがて、康治が身を起こした。政尚の花芯からそっと、手をはずさせる。そして、体勢を変えようと身体に触れてきた。

「待って！」

まだだ。まだ自分はなにもしていない。

康治が触れてきたように、政尚も康治に触れたかった。

いつもいつも、思い返せば政尚は、康治に触れられるばかりだった。着物を脱がされるのも、終わったあとの始末も、すべて康治にされてばかりだった。

だが、今宵が最後なら、政尚も康治に触れたかった。

「私も触っても……？」

身を起こし、康治の肩に手を滑らせる。

「政尚……」

「触れさせてください。私も、あなたに触れたい。いけませんか？」

もしかしたら、これは無作法なことなのだろうか。しかし、もしも無作法なのだとしても、政尚は康治に触れたかった。

不安げに見上げる政尚に、康治がふっと微笑んだ。

「——触ってくれ、政尚。どこに触れたい？」

「あ……」

許しを与えられ、政尚は肩に触れていた掌を、肩から胸に滑らせた。胸の実が、政尚と同じように尖っている。

「……んっ」

そっと触れると、康治から吐息が洩れた。

「ここ……いいのですか？」

「舐めてみるか？」

そっと頬を撫でられる。それから唇を指で辿られ、政尚の唇が自然と開く。

政尚が舐めたいのか、それとも、康治が舐めてほしいのか、もうわからない。

ただ、康治が触れるように、政尚も康治に触れていたかった。

「……んぅ」

唇を開き、そっと康治の胸に触れる。舌を這わせ、おずおずと胸を吸うと、康治が政尚の髪を撫でてきた。

好きなように触れてもいいのだ。

勇気を得て、政尚はもう片方の康治の胸にも唇を寄せた。ちゅっちゅっと吸っていると、なぜだか康治に抱きつきたくなる。

それからもっと、康治の身体を唇で辿りたくなった。

時折、吸い上げる音を立てながら、政尚は康治の胸に、腹に、臍《へそ》に口づけていく。

そして——。

「康治様、あの……」

政尚を鳴かせる康治の雄が、猛々しく勃ち上がっていた。先端から蜜が滲んでいる。

「好きなようにしていいんだ、政尚」

いつの間にかうずくまるような格好になっていた政尚の髪を、康治が撫でる。

こくり、と喉が鳴った。

男が男のものを口にする。以前の政尚ならば、考えたこともないだろう。しかし今は、康治の充溢した肉塊が愛しくてならなかった。

「康治様……んっ……んぅ」

目を瞑り、口を開いた政尚は、ゆっくりとその肉塊に向かって頭を下げていった。

舌先に熱い雫を感じ、それから、逞しい怒張が唇に――。

「くっ……政尚」

愛しげに、康治が政尚の髪を撫でる。大きく口を開いた政尚は、口いっぱいに康治を咥えていった。

太く、逞しい。

康治にされた時のように舌を絡めて唇を窄めると、雄芯がどくりと膨れるのがわかった。

感じてくれているのだ。

そう思った瞬間、政尚の下肢がじゅんと蕩けた。


「ん……んっ……んぅ……」

口いっぱいにあまるほどの充溢を、政尚は夢中でしゃぶり、味わった。康治が悦んでいてくれるのが嬉しくて、幾らでも口にしていたいと思えた。

しだいに、舐めて悦ばせているはずの政尚の頭のほうがぼんやりしてくる。

一心に雄をしゃぶっていた政尚の腰を、康治が軽く撫でてきた。

「ん……ぅ？　……ん、ふっっ」

康治の指が、政尚の後孔に触れてくる。すでに解された襞は嬉しげに、康治の指に吸いついた。

「んん……ぅ」

「おまえの口もいいが、こちらのほうがもっといい。――欲しい、政尚」

「……んぅ、っっ」

無造作に揃えた二本の指を、後孔に挿れられる。ひくん、と下肢が引き攣り、前方から蜜が滴る。

「……ぁ」

促されるままに、政尚は顔を上げた。口元が康治の蜜で濡れていたが、気づかない。

康治がふっと微笑んだ。

「綺麗だ、政尚」

そっと、床に押し倒される。しかし、身体をひっくり返されそうになり、政尚ははっとした。

「いやだ……っ」

政尚は声を上げた。康治の顔が見たい。たとえ苦しくても、康治を見つめながら抱かれたかった。

康治の顔を見て、康治と抱き合って、感じたい。

「このままで……」

政尚は、康治の手を押さえた。

康治がじっと政尚を見つめる。

「……いいのか？」

「はい。あなたを見ながら、抱かれたい」

口にしたとたん、康治の顔がくしゃりと歪んだ。

「愛しいことを……。そんなことを言われたら、拒めぬではないか」

そっと口元の蜜を拭われ、康治に舐められる。

「康治様……そんな……」

「口づけても？」

「……はい」

康治が先に舌を出し、政尚の唇を舐めていく。舐め取られるのは、康治自身の樹液だ。

なんということをしているのだろう。

だが、身体がかつてなく潤んでいる。

「ん……ん、ふ……ぁ」

「愛しい政尚。私のものだと言ってもいいか？」

切なげな囁きに、政尚の目が潤んだ。康治のものになれるのならば、こんなに幸福なことはない。本当に、なにもかもすべて康治のものになれたならどんなにいいだろう。

「はい……はい、康治様」

答える唇が震えた。康治が嬉しげに微笑むのが見える。

そっと身体を押し開かれ、それから、頬を撫でられる。

「私の政尚。私だけの愛しい政尚」

「康治様……」

仰向けの政尚に、康治が伸しかかってくる。大きく足を押し広げられ、苦しいほどに折り曲げられた。

今この時こそが、初めての情交だと政尚は思った。愛しい人と、心まで結ばれる、最初で最後の情交だ。

――絶対に忘れない。

今日のこの日こそが、政尚の宝になる。政尚のすべては、康治のものだった。

政尚を求める逞しい雄芯に、後孔を貫かれる。

「あ……あぁぁぁ――……っっ！」

愛すべき男を求めて熟《う》れきった蕾は、政尚も康治も驚くほどの柔らかさで、康治の雄蕊を飲み込んでいった。

ほとんど一息に刺し貫かれる。

「あ、あ……あぅ、っ」

くっと花芯が反り返り、こらえる間もなく達してしまう。

ひくつく肛壁に、康治が呻く声が聞こえた。

「……ああ……申し訳……ありません……」

先に達してしまったことが口惜しい。一緒にでなくては駄目なのだと、政尚は思っていた。

しかし、康治がくっくと笑う。

「謝ることはない、政尚。なんという心地よさだ。私も達してしまいそうだ。だがその前に、もっとおまえを悦ばせてやる」

「え……康治様……？　あっ……あ、んっ……ふ、っ」

達したばかりの身体で、康治が動く。敏感になっている肛壁を抉られ、政尚から高い声が溢れ出た。

苦しい。けれど、脳髄《のうずい》が蕩けてしまいそうだ。

「あ、あ、あ……康治、様……あぁっ」

あまりの悦楽に恐ろしくなり、政尚は康治にしがみつく。そうすると、後ろから貫かれて夜具にしがみつくより、ずっとずっと心地よい。

「康治様……康治……様、あ、あ、あっ」

「くっ……政尚……いいぞ、ああ」

康治からも、悦びの呻きが聞こえる。

これでいいのだ、と政尚にもわかった。二人でならば、もっともっとよくなれる。

激しく蹂躙されるうちに、政尚の花芯も再び果実を実らせていた。

「政尚……愛しい政尚……っ」

抱きすくめられ、深く雄蕊を打ちつけられる。

政尚も切れ切れに想いを口にした。

「康治様……私も、いと……し、い」

口にしたとたん、激しく深みを抉られる。どくり、と中で雄蕊が充溢するのを感じた。

「あ……あ、あ、あぁぁぁぁぁあっっ――……っっ！」

「政尚……っっ！」

目の前が真っ白になる。ひくん、と身体が跳ね、花芯から蜜が迸る。同時に、身体の奥深くで康治の熱も解放された。

熱い奔流《ほんりゅう》に奥の奥まで愛される。

康治に抱きすくめられ、政尚は痙攣《けいれん》するように幾度も震えた。そして、弛緩する。

「政尚……このままおまえを腕の中に閉じ込めてしまえたら……」

苦しげな呻きに、政尚は涙を零した。政尚もそうできたなら、どれだけ幸せだろう。

だが、一個人の幸福を求められるような身分に、政尚はいなかった。たとえどれだけ脆弱であっても、高津家の人間として、退紅に対する責任が政尚にはあった。

兄とともに、政尚も滅びるのだ。

「康治様……」

今だけ――。

想いのすべてをこめて、政尚は康治を抱きしめた。

愛しい康治を生かすために、忠政を討つのだ。

これが、最後の情交だった。


やすを承和軍に残し、政尚は赤垣とともに城に戻った。

最後まで抵抗したやすは、結局赤垣に当て身を食らわされ、気を失った状態で残された。

今まで仕えてくれたやすには、せめても生き延びてほしい。行く末についていては、康治が面倒をみてくれるはずだった。

「お疲れではありませんか」


城に戻り、赤垣が夜具を敷いてくれる。夜明けまで、まだ二刻ほどあった。

「大丈夫だ」

政尚は充足した笑みを浮かべる。不思議と、身体は疲れていなかった。むしろ、今までになく力が漲っているような気がする。

きっと、康治のおかげだ。康治に愛され、その充溢感が政尚に力を与える。

城中はしんと静まり返り、明け方の急襲を予想する者は誰もいないようだった。

「赤垣も、機会があれば逃げてくれ」

今まで世話になった男に、政尚は告げる。

赤垣はゆっくりと首を振った。さわやかな微笑が口元に浮かんでいる。

「いいえ、高津家の家臣として、お家の行く末を最後まで見届ける務めがございます。追い払われても、ついてゆきますぞ」

最後は悪戯っぽく笑う。

その覚悟を定めた顔に、政尚もため息をついた。

「仕方がないな。あとで、やすに怒られそうだ」

「仲間はずれにされたと、真っ赤になって怒るでしょうな」

共犯者めいた顔で、赤垣が笑う。

夜が明ければすべてが終わる。

それまで横になるよう勧められ、政尚は素直に横たわった。気分が高揚しているせいで疲れは感じないが、いざという時身体が動かず、兄を逃してはならない。

それから二刻、政尚は赤垣とまんじりともせず過ごした。

そして、夜が明けた。

山すそから、鬨《とき》の声が聞こえる。同時に、どどどっと地鳴りのような音が城中に響いた。

政尚は起き上がり、赤垣とともに板戸を開けて城の下を見る。

承和の兵が、一斉に駆け上がって来るのが見えた。

「――来たな」

「はい」

粗末な城門を守る兵が逃げ出している様子が、目に浮かぶようだ。そうなるよう、時間をかけて謀った。

政尚はわずかに目を閉じ、そして、開いた。終わりの始まりだった。

「行くぞ」

「はい」

赤垣を従え、政尚は兄の居室に向かった。腰には、慣れぬ太刀を差している。

今頃兄も飛び起き、家臣たちに下知を飛ばしているだろう。

だが、どれだけの家臣が残っているのか。

近づくにつれて、なにやらわめき声が聞こえる。

「――……っ、っ……っ！」

さらに近づくと、それは忠政の声であった。

「誰ぞ！　誰ぞおらぬか！　敵襲であるぞ！　誰ぞ！」

政尚が赤垣を従えて居室に入ると、忠政が飛びつくようにやってくる。

「おお、政尚！　おまえはいたのだな。頼りにならぬやつらめ、皆どこに行ったのだ！」

叫んでいると、飯尾が慌ただしくやって来た。残り少ない、忠実な家臣だった。

死なせたくはない。しかし、飯尾は最後まで兄を、高津家を守るだろう。生き残っても、自害するやもしれぬ。

――すまぬ。

心で謝る政尚の頭越しに、兄が飯尾に命じる。

「飯尾、すぐに行って、門を守るのだ。承和の軍を入れるな！」

それは、飯尾に死ねという命令だった。

飯尾は膝をつき、異議を唱えず承服する。

「承知仕りました」

飯尾が去ると、忠政は政尚の袖を摑んだ。

「さあ、政尚、逃げるぞ。我らが生き延びねば、高津家は滅んでしまう。生きねばなぁ」

と、にしゃりと笑う。

政尚は拳を握りしめた。家臣たちを殺し、自分たちだけでどこをどう逃げる気なのだろう。いや、どの面下げて、逃げられるのだろうか。

ここで、すべてを終わりにするのだ。

兄は赤垣に手を振っている。

「おまえも行け！　行って、敵を遮るのだ！　早う、行け、行かぬか」

赤垣は動かない。

政尚は兄の手をそっと摑んだ。

「兄上、赤垣は行きません。ここで、私の手伝いをするのです」

「おまえの手伝い？　なにを手伝うのだ」

不思議そうに兄が訊ねる。敵が強襲してきたこと、味方がいつの間にか消えていることに、兄の頭はついていかれないようだった。

兄を見つめ、政尚はすらりと太刀を抜いた。

「政尚、なにをしているのだ」

まだ夜着のままの兄は、目を見開く。この兄を殺すことが、政尚に残された最後の務めだった。

「兄上、お命ちょうだいいたします」

政尚の背後で、赤垣も太刀を抜く。

「お、おまえたち……」

忠政がかっと目を見開く。迫る危険に、正気が戻ったようだった。

素早く身を翻し、寝間に置いてあった槍を摑んだ。

穂先を払い、刃を剝き出しにする。

二人に向かって、忠政は槍を構えた。

槍と太刀では長さが違う。槍の長さに邪魔され、容易に忠政に近づけない。

「政尚、おのれ……！　おまえだけは殺さずにいてやったのに！」

「慰み者にするためですか。私は兄上の玩具《がんぐ》ではない！」

政尚はなんとか槍を払い、忠政に踏み込もうとする。しかし、もともと武者である忠政に、まともな剣の稽古《けいこ》ひとつしたことのない政尚では歯が立たない。

忠政がせせら笑う。

「なにを言う。私の玩具どころか、結城の小僧の玩具でもあったではないか。ふん、あの小僧はどうやっておまえを抱いた。可愛がってくれたのか。いいや、そんなことはないだろうな。私の元に戻ってきた時、ひどく後ろが傷ついておったな。ははは、慰み者にされ、犯されたのだろう、政尚！」

　政尚を挑発するように、忠政は政尚を罵る。

　しかし、昨夜、康治との濃密な情交を味わった政尚に、忠政の嘲りはなんの効果もなかった。

「康治様は兄上とは違う。あの方は、私自身を見てくださる。私自身を見て、私自身を愛してくださる。

——兄上は、誰も愛してなどいない。母のことも、私のことも。言いなりになる玩具しか、兄上は愛さないのです」

「黙れ！　私はしずを愛した。おまえを愛した。愛して愛して愛し尽くした！　それなのに、私の愛を受け入れなかったのは、おまえたちのほうではないか！　私はおまえを愛しておるのに、ずっとずっと可愛がってきたのに、私に刃を向けおって……！」

　忠政が一歩踏み込み、政尚に槍を突きたてようとする。

「政尚様！」

　きわどいところで、赤垣が忠政の槍を払った。

　忠政が舌打ちする。先に赤垣をやるべきだと、思い直したようだった。

　穂先が、赤垣に向けられる。

「赤垣！」

「政尚様、お下がりくださいませ」

　片手で政尚を庇い、赤垣が忠政に太刀を向ける。

　突かれ、払い、突かれ、払い、払い、踏み出す。果たせるか。

　しかし、あと少しで忠政を斬り捨てるところで、赤垣の背に矢が刺さる。

「——くっ……っ」

「殿、ご無事ですか！」

　まだ残っていた忠義ある者が、赤垣に矢を射掛けたのだ。

「おお、助かったぞ」

喜びの声を上げ、忠政が穂先を政尚に向ける。

「政尚、太刀を捨てい！　私とともに来るのだ」

「……兄上」

喉元に、槍を突きつけられる。赤垣を倒した兵も、忠政を守るために駆け寄ってきた。

兄を殺すまで、死ぬわけにはいかない。

倒れ伏した赤垣に目をやり、政尚は太刀を落とした。

「それでよい。おまえは私の可愛い玩具だものなぁ」

忠政がねっとりと、己が唇を舐める。

槍を脇に払い、政尚の腕を来いと摑む。あまりに強く腕を引かれ、政尚はよろめいた。

つられて、忠政も体勢を崩す。

——もしや今が……！

頭で考える間もなく、政尚は腰に差した脇差しを引き抜いた。よろめいた身体をぶつけるように、忠政に突き刺そうとする。

「政尚様……！」

驚いたような兵の声が聞こえた。弟が兄に斬りかかるのが、あまりに意外だったのだろう。とっさに身体が動かない様子だ。

しかし、あと少しというところで、忠政に柄を握られる。

「政尚……懲《こ》りぬやつめ……！」

兄の手がじりじりと、刃の向きを変えていく。

「兄……上……」

このまま、自分が刺されてしまうのか。兄を殺すことはできないのか。

どっと汗が滲み出す。こんなに力を込めたことは、かつて一度もなかった。

兄を殺さなくては！　殺すのだ。

だが、刃が政尚に向けられる。

「お仕置きだ、政尚。今一度、刺される痛みを思い知るがいい」

「兄上……！」

もう駄目か。

政尚は諦めかけた。

――康治様……っ！

浮かぶのは、康治の微笑む姿だ。ああ、最後に見えるのがこれなら、まだいい。

政尚を真に愛したのは兄ではない。康治だけだ。

――許してくれ、康治様。

使命も果たせず犬死する自分を、どうか許してほしい。

政尚は目を瞑った。

しかし――。

「高津忠政、覚悟っ‼」

雷のような大声が、響き渡った。同時に、兄が呻く声が聞こえた。

「……うっ」

握りしめていた脇差しから、力が消える。政尚は目を見開いた。

あの声は、そんな――。

目を開けると、弓矢を持った兵も倒されている。

そして、振り向くと鎧兜《よろいかぶと》を身に纏った康治が、仁王立ちしていた。手には弓矢を持っている。

忠政を振り向くと、兄は胸に矢を受け、うずくまっていた。

「康……治……さ、ま」

「無理をしたのはどっちだ、政尚！」

康治が怒った顔で、政尚に歩み寄ってくる。

呆然と脇差しを握りしめている政尚の手を、摑んできた。

「この手に刃《やいば》が似合うものか。馬鹿が」

「どうして……」

信じられずに呟くと、康治がにんまりと笑う。

「無理をしない範囲なら、と言っただろう。だから、無理をしない範囲で助けにきた。――赤垣は？」

言われて、倒れたままの赤垣に政尚ははっとする。

すでに、梶川が赤垣を助け起こしていた。

「まだ息はあります。すぐに手当てをいたしましょう」

「梶川殿……」

梶川までがここにいることに、政尚は驚く。

梶川は苦笑していた。

「生涯一度の馬鹿をさせてくれと、殿に言われましてな。どうしたものかと思いましたが、一度くらいは馬鹿にお付き合いするのも悪くないでしょう。それに、馬鹿ができたのは政尚様のお働きのおかげです」

「私の……？」

わけがわからず、政尚は康治に視線を向ける。

康治が頷く。

「ずいぶん、この城から兵を逃がしたな。家臣も。おかげで、城攻めが容易になった。簡単すぎて、拍子抜けしたがな。だから、無理をせずともここまで来れた。おまえの働きだ」

「康治様……」

籠手《こて》に包まれた手が、政尚の手を包む。その温かさに、自分が生きていることを政尚は実感した。

生きているのだ。

「兄は……」

矢を射掛けられた忠政に、政尚は眼差しを移した。うずくまった兄は、まだ生きていた。

「おのれ……」

承和の兵に両脇を取られ、憎々しげに康治を、そして、政尚を睨んでいる。

「実の兄を裏切って、敵の手を取るのか！　この男に身を許して、心まで許したか、政尚！」

人目も憚らず、敵に身を許したと罵倒《ばとう》する忠政に、政尚は身を竦める。元服もはるか昔に済ました男が男に身体を許すなど、しかもそれが国主一族の人間がするなど、恥ずべき振る舞いであった。

しかし、政尚の肩を康治が抱き寄せる。

「悪いか。政尚は、我が伴侶《はんりょ》だ。物狂いした領主より私を選んで当然だ」

傲然と言い放つ。

あまりにきっぱりとした康治に、政尚は啞然としてしまった。伴侶だなどと、家臣たちもいる前で口にしてしまってよいのか。

しかし、康治は堂々と自らの思いを口にする。

「康治様……」

明るい微笑を、康治が政尚に向ける。なにもかもを振り切った、男の笑みだった。

「承和の国主たる運命に逆らうつもりはないが、おまえだけは別儀だ。おまえがいなくては、国主たる務めも果たせぬ。妻も子もいらぬ。私にはおまえだけが必要なんだ」

「そんな……」

「馬鹿者めが！」

忠政が罵る。

「それで家中が治まるものか！　私とて、反対する者を皆殺しにするしかなかったものを――政尚、おまえを私の跡取りにするために、どれだけの犠牲を払ったことか」

忠政が哀れっぽく言ってくる。

次々と、兄弟、我が子を殺していった兄の姿が蘇る。

政尚は唇を嚙みしめた。兄は自分のために……。

「犠牲？」

俯きそうになった政尚の横で、康治が鼻で笑った。

「愛する者に負担をかける犠牲が、犠牲であるものか。おまえは、おまえ自身のために反対する者を殺していったんだ。政尚のせいにするな、痴れ者が」

「なに！」

いきり立つ忠政を、腕を捕らえた兵が止める。

忠政の眼前に、康治が膝をつく。じっと忠政の目を見据え、言い放った。

「おまえの愛は愛ではない。玩具を欲しがって泣く子供と同じ、自分勝手な愛だ。どんなに泣き喚いても、政尚はけしておまえを選ばない」

忠政の血走った目が康治を睨む。それから、政尚に視線が泳いだ。

「選ばないのか？　おまえは私を選んではくれないのか？　こんなに愛しく思っているのに……。ずっとずっと可愛がってきたのに……」

哀れな声に、政尚は耳を塞ぎたくなる。

だが、これは兄と自分との話だった。兄のために、今ここで決着をつけなくてはならない。それは、政尚にしかできないことだった。

政尚はじっと忠政を見つめた。

「……兄上と一緒にいて、私はずっと苦しかった。なぜなのか、どうしてなのかはわからなかったけれど、ずっと苦しかった。ですが、康治様は違うのです。康治様といると、私はずっと楽に呼吸ができる。楽に笑うことができる」

「私では駄目か、駄目なのか？」

忠政の目が見る見る潤みだした。視線がさ迷い、他の人間には見えないものを捜すようにうつろう。

「しずも……なぜ、私が愛した者は私を拒むのだ。なぜ、愛してくれない。こんなにも愛しているのに……なぜ……。……違う。愛されないのではない。邪魔する者がいるのだ！」

「兄上！」

獣のような叫びを上げて、両腕を摑む兵を忠政が振りほどくと、最前、政尚が捨てた太刀を拾い上げ、康治に斬りかかってきた。

「康治様、危ない！」

政尚は悲鳴を上げる。とっさに太刀を摑もうとするが、それはもう政尚の手にはない。このままでは康治が斬られてしまう。政尚は焦った。

だが、斬られたのは康治ではなかった。

鈍い音とともに、康治の振り上げた太刀から血が滴り落ちるのが見えた。

康治の太刀が、忠政を斬り捨てていた。

忠政は大きく口を開き、愕然《がくぜん》と、動きを止めている。苦しそうに、呻く声が聞こえた。

「おまえ……が、いな……ければ……政尚は……。政尚……政尚……愛し……て……」

言葉は、そこまでしか口にされなかった。血が溢《あふ》れ出し、忠政から声を奪ったのだ。

「兄上……」

血を吐いたあとも忠政はゆらゆらと揺れ、そして、倒れた。

死体に兵が駆け寄る。

「向こうに運べ」

康治の命令が響く。それらを、政尚は呆然と見ていた。

運べと言ったのは、政尚に配慮したのだろう。敵の大将として、兄の首は落とされる。

今、高津家は滅びたのだ。

「政尚……」

気遣うように、康治が政尚の顔を覗き込む。

政尚ははっとしたように青褪めた顔で、康治に頭を下げた。

「ありがとうございます、康治様。兄は……」

最後まで妄執に囚われた兄には、もう生きる道は残されていなかった。死ぬよりほか、狂気を終わらせる道はなかったのだ。

気がつくと、城内の喧騒《けんそう》が静まっていた。早くも、承和の軍に制圧されたのだろう。

退紅国主高津家は、ここに途絶えたのだ。

残るは、政尚だけだった。

「一足先に、城を下りよう、政尚。ここはおまえのいるところではない。……まだ熱があるな」

「私も……一緒にですか……?」

呆然として、政尚は呟く。その身体を、康治に抱き寄せられた。

「むろんだ。まさかおまえまで、死ぬというのではないだろうな。そんなことは許さぬぞ。忠政はもういない。高津家は終わりだ。おまえは、私の側で、私とともに生きるのだ」

「でも……」

そんなことが許されるのだろうか。自分一人の幸福を追い求めてもいいのだろうか。

高津家の人間として、ここで死ぬべきなのではないか。

兄と刺し違える覚悟であった政尚は、思いもかけず生き残ってしまったことに動揺していた。生きることなど、政尚は考えていなかった。助けるという康治の言葉も、戦では無理だと思い、真剣に考えていなかったのだ。

それなのに——。

康治が強く、政尚を抱きしめている。

「ともに生きてくれ、政尚。私にはおまえが必要なのだ。おまえがいないこの世で、どうして一人で生きていかれる。私を助けると思って、どうかともに生きてくれ」

「康治様……ですが……」

震えながら、政尚は康治を見上げた。許されてもいいのか。ともに生きてもいいのか。

高津家は滅び、多くの者たちが死んでしまった。それなのに、政尚は生き延び、康治とともに生きてもいいのか。

「頼む、政尚——いや、松寿。私を藤次郎と思い、ともに生きてほしい。頼む」

「どうして……」

政尚の目に涙が滲む。こんなにまでも想われて、どうしたらよいのかわからない。

ただの松寿となって、藤次郎の側にいてもいいのだろうか。

気がつくと、梶川も、承和の兵もいなくなっていた。城内は承和軍に制圧され、しだいに騒ぎが静まってくる。

「私のために、生きてほしい。おまえは退紅を私に託したのだろう？　ならば、私がよき領主となるか見張るのは、おまえの務めだ。私の側で、退紅の行く末を見守るんだ。高津家の――退紅国主の一族であるおまえが生き残るのは、退紅を見守る務めがあるからだ。そう考えて、どうか私の側で生きてほしい。もしも、もう二度と触れてほしくないというのなら、おまえにはけして触れない。手を握るのも我慢する。ただおまえが生きていてさえくれれば、私は……」

「康治様……」

滲んでいた涙が盛り上がり、雫となる。どれだけ自分が必要とされているのか。求められているのか。これほどはっきりと告げてくる言葉はない。

退紅のために――いいや、康治のために、たとえそれがどれだけ生き恥をさらすことになっても生きたい。政尚はそう思った。

「……もう二度と、私には触れないのですか？」

「おまえがそう望むなら――。側にいてくれるだけでいい」

ただ生きていてくれるだけで。

ゆっくりと、政尚の頬に笑みが浮かび上がる。涙とともに、唇が笑みを形作った。

なんて馬鹿な人なのだろう。こんなにまでして政尚を助けてくれたというのに、その望みが、ただ生きていてくれというだけだなんて。

「側にいるだけでよいのですか？」

「ああ、それだけでいい」

即座に与えられた応えに、政尚は小さく笑った。本当に、なんて馬鹿な人なのだろう。

「——それでは、私が寂しゅうございます」

「政尚？」

小さな呟きに、康治が目を瞠っている。

泣き笑いしながら、政尚は康治の肩に手を伸ばした。

高津家は滅びた。家臣たちの多くも高津家を見限り、康治に下った。

自分は政尚ではなく、松寿に戻る。松寿になって、康治の——藤次郎の側にいる。

「松寿とお呼びください。それとも、新しい名前をくださいますか？」

松寿は微笑んだ。微笑みながら、涙が溢れて止まらなかった。

「松寿になって、あなたの側で生きていきます。生きてもよいのですよね？」

「無論だ！」

勢い込んで、康治が言う。それから、愛しげに頰を包まれた。

「——側にいるだけでは、寂しゅうございます」

政尚はもう一度、そっと囁いた。

康治がふっと笑みを浮かべる。

「私も、本当を言うと、それだけでは寂しい。——よいか、松寿」

幼名を呼ばれ、政尚は応えるように目を閉じた。

「はい……ん」

やさしく、唇を塞がれる。口づけてきたのは、常に政尚を愛してくれた康治だ。

情が移ったのは康治なのか、政尚なのか。

答えは、両方だ。康治は想いを強め、政尚は忘れようとした康治への想いを自覚させられた。

政尚を愛してくれたのは、康治だけ。

そして政尚も、康治を選んだ。兄ではなく、康治を――。

康治の側にいると呼吸するのが楽になる。楽に笑える。

兄ではなく、康治が――。

康治とともに生きるために、政尚は一歩踏み出した。これから生涯、ともに生きていくのだ。

その言葉は果たされるだろう。

政尚にはわかっていた。

そっと唇が離れ、頬を撫でられる。閉じていた目蓋を、政尚はゆっくりと開いた。瞳の先で、康治が笑っている。

「――そうだ、やすが怒っておった」

置いていかれたやすの様子を、康治が口にする。

政尚もおっとりと微笑んだ。

「では、赤垣と一緒に怒られなくてはいけませんね」

ともに生きていくのだ。

それは生まれて初めて、自分自身のために選んだ道だった。高津家のためでもなく、退紅のためでもなく、政尚自身が望んだ道だ。

康治が政尚の髪を撫でる。そして、目を細めた。

「松寿もよいが、新しい名前をつけるのも悪くないな。本当に、私がつけてもよいのか？」

訊いてくるのに、政尚は嬉しげに頷いた。兄の呪縛は、もう政尚にはない。新しい生のためには、新しい名前が相応しかった。それをつけてくれるのが康治なら、なお嬉しい。

康治が照れくさそうに頬をかく。

「では、特別な名を考えなくてはいけないな。特別な名を……」

「康治様がつけてくださる名でしたら、どんな名でも嬉しゅうございます」

愛しい人がつけてくれる名前なら、どんな名前でも喜びだった。

今日から、政尚は新しい生を生きる。ともに歩い

てくれるのは、康治だった。康治とともに、政尚は生きるのだ。

「——生涯、私の側にいてくれ。私も一生、おまえを放さない」

「はい、私も……」

強く手を握られ、政尚も康治に誓った。生涯をともに生きる。

心のままに生きることが許されるのなら、政尚が唯一望むのはそれだけだった。

そして政尚は——もちろん康治も、生涯その誓いを違《たが》えることはなかった。


——承和国主結城康治に一輪の花あり。花一輪のみにて、ほかに花《つま》なし。

ほかに花なし……。

あとがき

こんにちは、いとう由貴《ゆき》です。リンクスさんではじめましてなのですが、いかがでしたでしょうか。なんとなく戦国時代風という感じで読んでいただけると、嬉しいです。

なんとなく戦国時代風ですので、出てくる国名もすべて架空の国名になっております。どうつけたらいいのかな～、と迷いに迷って、結局あんな国名になってしまいました。

これでも学生時代、旧国名を全部覚えさせられたんですけどね～。今となっては、もうほとんど忘れてしまいましたが(笑)。

テストの時には、自分で日本地図を書きながら、旧国名を書かされましたよ～。私は絵のほうはさっぱりダメな人だったので、ものすごい下半身デブの日本になってしまいました……。ちなみに四国は、丸を書いて中を四つに区切って国名を書いていました。それくらい絵が描けないんですよ(涙)。

そんな調子なので、国名の多い西のほうは大変です。デブっとさせないともう書く場所が足りなくて足りなくて……。畿内の辺りなんて涙目でした。

そんな苦労をして覚えたわりには、今となってはほとんど覚えてないという……。あんなに頑張ったのになー、とちょっと悲しいイトウでした。

覚えさせられたといえば、百人一首も全部暗記させられたものですが、こちらもさっぱり覚えていません(笑)。あれもこれも、ものすごく頑張って暗記したのに……。

ということで最後になりましたが、イラストを描いてくださいましたかんべあきら先生、いろいろとご迷惑をおかけして、申し訳ありませんでした。素敵な康治《やすはる》&政尚《まさひさ》をありがとうございます！　康治がかっこよくて、ドキドキでした。

それと、やっぱり迷惑をかけっぱなしの担当様……。もう本当にすみません。なんというのか……ちゃんとした人間になれるよう頑張りたいです……。

そして、このお話を読んでくださった皆様。楽しく読んでいただけるといいな、と願っております。ありがとうございました。

ではでは、また別のお話でお会いできることを願っております。

蕩ける八月、早く冬が来てほしい　いとう由貴

※あ、お知らせブログをやってますので、よろしかったら見にきてやってくださ～い。『悪魔っ子通信』http://yuki-ito.cocolog-wbs.com/　です。

LYNX ROMANCE

傲《ごう》慢《まん》だけど可愛《かわい》いあなた

清白ミユキ　illust. 桜城やや

898円（本体価格855円）

桐原コーポレーションの社長・創介を失脚させるため、秘書として派遣された恵流。独裁的な経営の創介に憤慨するが、彼の傲慢さが愛情を知らないがゆえだと知る。不器用な創介に愛おしさを感じた恵流は、彼を騙している己の立場に嫌悪しつつも、その手を拒めず抱かれてしまう。だが、執着されればされるほど悲しみを覚える。愛情を知ってほしいと願っていたが、創介のそれはお気に入りの玩具に対するかのように残酷で――。

LYNX ROMANCE

未《み》然《ぜん》の恋《こい》

柊平ハルモ　illust. 稲荷家房之介

898円（本体価格855円）

編集者の一彦は、ある施設で一緒だった季逸と再会する。新進気鋭の作家となっていた季逸だが、彼はかつて一彦の『秘密』を盾に身体を弄んだ男だった。そして忌まわしい過去の口止めに、またも体を要求してきた。取引に応じた一彦だったが、快楽に溺れて再び彼に翻弄されまいと決意する。けれど、逆に季逸を利用してやろうと仕事を共にするうちに、彼の真摯さを知り困惑してしまう。暴君な男が見せた思わぬ誠実さに一彦は…。

LYNX ROMANCE

檻《おり》の中《なか》の情人《じょうじん》

水月真兎　illust. 環レン

898円（本体価格855円）

中つ国の第一皇子である青華。十年前、王の遺言で異母弟に譲られた王位を巡り反乱をおこすが、捕らわれてしまう。以来果ての塔に幽閉され、牢番達に嬲られ続けていた。そんなある日、偶然果ての塔に異母弟の朱牙が現れる。「憐れむ気持ちが少しでもあるなら殺してくれ」と、青華は懇願するが、死んだと聞かされていた兄の存命を知った朱牙は怒りをあらわにした。自分を裏切り、殺そうとした罰だと、青華は蹂躙されるが…。

LYNX ROMANCE

コルセーア　〜月を抱く海〜 III

水壬楓子　illust. 御園えりい

898円（本体価格855円）

豊潤な富をもたらすモレア海を統べる海賊・プレヴェーサで参謀を務める美貌のカナーレ。実父の情報を得るため、シャルクの暗殺者として人を殺め、自らの手を血に染め続けていた。しかし、最後に手にかける人物を教えられ、カナーレは耳を疑う。その人物とは、以前記憶をなくした自分を助けてくれた人、オルセン大公だったのだ。カナーレは覚悟を決められぬまま、彼の元へと向かうが――!?　大人気シリーズ第三巻!!

LYNX ROMANCE

鳥《とり》は象《ぞう》牙《げ》の塔《とう》にいる

きたざわ尋子　illust. 陸裕千景子

898円
（本体価格855円）

研究所で暮らしていた加室充紘は、天才的な頭脳を請われ、長和製薬に入社する。そこで、亡くなった兄に似た世話係の久保寺と対面し衝撃を受ける。だが、優しかった兄とは違う不躾な物言いに、充紘は最悪な印象しか感じなかった。しかし、充紘は極秘の研究をしているため、反発しつつも彼に頼るしかない。共に食事をしている時、充紘はふとしたことから久保寺の気遣いに触れる。乱暴な性格からは伺えない優しさに充紘は……。

LYNX ROMANCE

赫《あか》蜥蜴《とかげ》の閨《ねや》

沙野風結子　illust. 奈良千春

898円
（本体価格855円）

高柳商事大阪支社長の高柳光已は、英国人の血が混じる端麗な容姿に美しい妻…と、誰もが羨む人生を歩んでいる。しかし、会社のために自分を利用する養父や、我が儘な妻に振り回され、鬱屈した日々を重ねていた。ある日、光已は妻の浮気をネタに熾津組の若頭、熾津臣に強請られ、凌辱されてしまう。なぜか執着され、執拗に繰り返される行為に光已は理性を徐々に蝕まれていく。だが、奇妙な解放感と安らぎを感じるようになり……。

LYNX ROMANCE

愛《あい》は憎《にく》しみに背《そむ》いて

中原一也　illust. 小山田あみ

898円
（本体価格855円）

かつての恋人・蘇芳の勤める病院を相手取り、裁判を起こすことになった弁護士の陣乃。十年前、尊敬してやまない蘇芳と愛し合っていた陣乃は、ある事件がきっかけで、手酷く別れを告げられた。自分を求めてくれていた蘇芳の豹変に傷つき、陣乃は彼の前から去ったのだ。蘇芳と再会した陣乃は、裁判から手を引くように迫られる。陣乃の淫蕩な本性を再び暴こうとする蘇芳に憤りながらも、彼を忘れられずにいたことを実感するが…。

LYNX ROMANCE

月《げっ》宮《きゅう》を乱《みだ》す虎《とら》 〜神獣異聞〜

和泉桂　illust. 佐々成美

898円
（本体価格855円）

冷酷と評される『磐』の美貌の王子・翠蘭は、幼い頃に別れた奎真との幸福な日々を胸に武人として生きていた。しかし、王に反旗を翻した奎真の虜囚となったことで翠蘭の立場は一変する。ある事件から翠蘭は奎真の仇敵となっており、親を奪われた奎真は翠蘭への復讐心を燃やしていたのだ。奎真は翠蘭を寵姫として月宮に囲い、凌辱を続け淫蕩な性技を仕込む。自分を辱める奎真を憎む翠蘭だが、互いの胸には秘められた思いがあり…。

LYNX ROMANCE

強《ごう》引《いん》な嘘《うそ》と真《しん》実《じつ》と

火崎勇　illust. 麻生海

898円
（本体価格855円）

小説家として不動の地位を得、モデル並の美貌を持つ遠美真人。身分を隠し、あるパーティに出席していた遠美は、そこで有名モデルの二ツ木斎と知り合い、口説かれてしまう。すげなくお断りした遠美だったが、まずはオトモダチからと強引に付き合わされることになった。しかし、二ツ木とともに様々なパーティに出席するうち、彼の仕事に対する真摯で真面目な姿勢を知り、次第に心が揺れ動き……。

LYNX ROMANCE

傍《ぼう》若《じゃく》無《ぶ》人《じん》なラブリー

鳩村衣杏　illust. タカツキノボル

898円
（本体価格855円）

王子様のような美貌を持ちながら、中身はオタクの恩田真庭。そんな真庭の住むマンションに、人気俳優の島広矢が引っ越してくる。何を考えているのかわからない広矢を苦手に思っていたが、なぜか懐かれてしまう。誘われるまま、互いの部屋を行き来するうち、広矢の子供のように素直で不器用な一面を知る。淋しがりな広矢にウサギのような可愛さを感じ、胸をときめかせる真庭だが、恋を自覚した途端、喧嘩してしまい……。

LYNX ROMANCE

君《きみ》がこころの月《つき》にひかれて

六青みつみ　illust. 佐々木久美子

898円
（本体価格855円）

町人の葉之助は両親を亡くし、陰間茶屋に売られようとするが逃げだし、津藩主藤堂和泉守隆継に拾われる。隆継を一途に慕い、下働きから隆継の側小姓にまでなった葉之助だが、同僚の罠にかかり藩邸を追い出されてしまう。生きる気力を無くした葉之助が選んだ道は死ぬことだった。腹を切り、瀕死の葉之助を救ったのは、幼なじみの吉弥。一命を取り留めたものの、心に深い傷を負った葉之助は、吉弥と共に人生を歩もうとするが……。

LYNX ROMANCE

月《つき》と誓《せい》約《やく》のサイレント

桐嶋リッカ　illust. カズアキ

898円
（本体価格855円）

吸血鬼や狼男などの魔族が集う聖グロリア学院に通う森咲日夏。魔女と人間の血を引く日夏は一族の掟により、狼男と魔女のハーフである吉嶺一尉と婚約した。婚約披露パーティーが近づく中、二度と会えないと思っていた日夏の父が突然現れる。同性との婚約を反対された日夏は、婚約を許してもらうため、魔具を嵌め、二週間、一尉に触れずにいることを父に約束する。一尉に触れたいのに触れられないもどかしさに苦しむ日夏は……。

LYNX ROMANCE

真《ま》昼《ひる》の月《つき》 上 中 下

いおかいつき

illust. 海老原由里

898円
(本体価格855円)

同僚の裏切りが原因で刑事を辞めた神崎秀一は、祖父の死を機に大阪へ生活の場を移す。相続した雑居ビルに住もうと赴いた一室で、秀一はヤクザの若頭・辰巳剛士と出会う。強烈な存在感を放つ辰巳だが、秀一は臆することなく接するため、彼に気に入られる。数日後、傲慢な辰巳は秀一のためにと、部屋を勝手に改装し、その見返りとして体を求めてくる。秀一は手錠をかけられ、強引に体を押し開かれるが——!?

LYNX ROMANCE

蛇《じゃ》恋《れん》の禊《みそぎ》

沙野風結子

illust. 奈良千春

898円
(本体価格855円)

平凡な大学生ながら岐柳組次期組長に据えられた円城凪斗。常に傍に控えている、恋人で補佐でもある角能尭秋に支えられ、戸惑いながらもその重圧に耐えていた。だが、代目襲名を控えたある日、敵対組織に襲撃された凪斗を庇い角能が負傷してしまう。いつか、自分の為に命を落としてしまうと恐れた凪斗は次第に角能と距離を取るようになる。心身共に結びついていた二人の亀裂は広がるまま、岐柳組は抗争に巻き込まれていき——。

LYNX ROMANCE

記《き》憶《おく》の殻《から》

桜木ライカ

illust. 水名瀬雅良

898円
(本体価格855円)

殺人を犯し、罪の露見に怯える小児科医・元貴は、共犯である先輩医師の日坂に身体の関係を強いられていた。自分に異常な執着をみせる日坂との関係に疲弊しきっていた元貴は、院内で行われている薬の横流しを捜査中の刑事・梶原と知り合う。夜毎悪夢に苛まれていた元貴は、優しい抱擁と求める言葉をくれる梶原に癒され救いを求めるようになる。だが、日坂に疑いをもつ梶原が、元貴を利用するために近づいたと知ってしまい——。

LYNX ROMANCE

狼《おおかみ》伯《はく》爵《しゃく》 ～永久のつがい～

剛しいら

illust. タカツキノボル

898円
(本体価格855円)

撃たれた狼を助けた獣医の良宏。ある夜、狼は美貌の男へと変貌し、番となる同族の良宏を探していたと告げる。その男・カイルは狼伯を継ぐ者として生まれ、儀式を経て人狼となったという。驚愕する良宏だったが、言われるまま逞しい体に噛みつくと甘美な興奮を覚えた。さらに番の証だという体だけでなく心までも繋がる"同調"によって、深い悦楽を教えられる。己に眠る人狼の血に目覚め始めた良宏だが、人狼ハンターが迫り…。

この本を読んでの
ご意見・ご感想を
お寄せ下さい。

〒151-0051
東京都渋谷区千駄ヶ谷4-9-7
(株)幻冬舎コミックス　小説リンクス編集部
「いとう由《ゆ》貴《き》先生」係／「かんべあきら先生」係

リンクス ロマンス

花を恋う夜

2008年8月31日　第1刷発行

著者……………いとう由《ゆ》貴《き》
発行人…………伊藤嘉彦
発行元…………株式会社　幻冬舎コミックス
〒151-0051　東京都渋谷区千駄ヶ谷4-9-7
TEL 03-5411-6434（編集）
発売元…………株式会社　幻冬舎
〒151-0051　東京都渋谷区千駄ヶ谷4-9-7
TEL 03-5411-6222（営業）
振替00120-8-767643
印刷・製本所…共同印刷株式会社
検印廃止

ISBN978-4-344-81405-9　C0293
Printed in Japan

幻冬舎コミックスホームページ　http://www.gentosha-comics.net

本作品はフィクションです。実在の人物・団体・事件などには関係ありません。